Ni casa, ni curro, ni cactus

Ni casa, ni curro, ni cactus

Teresa Gareche

Penguin
Random House
Grupo Editorial

Primera edición: noviembre de 2023

© 2023, Teresa Gareche
© 2023, Penguin Random House Grupo Editorial, S. A. U.
Travessera de Gràcia, 47-49. 08021 Barcelona

Printed in Spain – Impreso en España

ISBN: 978-84-666-7635-9
Depósito legal: B-15.681-2023

Compuesto en Llibresimes

Impreso en EGEDSA
Sabadell (Barcelona)

BS 7 6 3 5 9

A mi familia, a mis amigas del alma y a mis ex,
por sostenerme y acompañarme cuando estaba rota.
A mis queridas seguidoras,
por permitirme el privilegio de vivir del arte

Es muy difícil ser feliz sin hacer el ridículo.

MANUEL VICENT

Km 400

Siempre imaginé que mi versión adulta visitaría el pueblo donde me crie de la mano de un maravilloso marido para que mis padres, ya abuelitos, disfrutaran de sus tres o cuatro nietos. Sin embargo, a mis treinta y tres años, esas navidades, cuando me tocó volver a casa por precariedad, la escena fue muy distinta. Me presenté allí con 34 céntimos en el banco y una lista interminable de fracasos sentimentales en el corazón. Dejaba atrás a mi último ex, un trabajo de acomodadora en un teatro en el que me explotaban viva y una carrera de actriz que no acababa de despegar. Vamos, que llegué echa un cromo.

Ahora, después de unos meses de impás en mi casa familiar, por fin había llegado el momento de regresar a Madrid. Así que ahí estaba, con la vida empaquetada de nuevo en una maleta: recién salida de mi crisis de los treinta y decidida a perseguir mis sueños y a continuar luchando… antes de que me tocara dar la bienvenida a mi crisis de los cuarenta. Sentada de nuevo en el asiento delantero de un coche compartido, pero esta vez con el norte reflejado en el espejo retrovisor, solo pensaba en llegar a mi antiguo edificio, recoger mis cosas y que mi vida pasara a la siguiente pantalla.

Apenas llevábamos cinco minutos de viaje cuando tuve que bajar la ventanilla para poder respirar. Empecé a toser escandalosamente para que pillara la indirecta el tercer integrante de nuestra expedición, un alemán de uno noventa que había decidido quitarse los zapatos y torturarnos al resto con el olor putrefacto de sus pies. Me giré hacia la parte de atrás y opté por utilizar un lenguaje directo.

—Disculpa. —Sus preciosos ojos azules como un par de océanos me dejaron aturdida unos segundos, pero una nueva ráfaga de hedor me hizo retomar el discurso—: ¿Podrías ponerte los zapatos? Es que huele un poco mal.

—*Sorry, I don't understand* —me contestó mientras se quitaba uno de sus auriculares.

Yo, que pertenecía a una de las últimas generaciones españolas adictas a los doblajes de las películas y cuya eterna asignatura pendiente siempre sería la lengua anglosajona, traté de comunicarme como buenamente pude.

—*Cheese, cheese* —dije a la vez que hacía aspavientos con los brazos y muecas de mal olor, como si fuera un personaje de *Los Sims*.

—*Oh, sorry, sorry...* —me contestó nervioso.

Al ver su rostro sonrojado, me entró un terrible sentimiento de culpa ante la posibilidad de haberle creado un trauma de por vida a aquel pobre erasmus, así que le ofrecí un pedazo de mi bocadillo para intentar suavizar la situación.

—Tú comer con la boca *close*, ¿OK? —especifiqué para evitar un posible conflicto futuro.

Él, sonriente, aceptó. Volvió a ponerse los auriculares y siguió contemplando el paisaje mientras masticaba.

—Perdona, no te he preguntado si se puede comer en el coche —le dije a la conductora.

—No se puede.

—¡Ay, madre! De verdad, perdona.

—Que no, mujer, que era una broma —continuó entre risas.

—¡Aaah! —grité al rozar el cactus que llevaba entre las piernas.

—¿Qué te pasa ahora?

—Que me he clavado un pincho.

—Pero ¿por qué no lo has dejado en el maletero?

—Porque le ha salido una flor y quiero que le dure.

—No sabía que a los cactus les salía flor, y menos una tan rara.

—Ya, yo tampoco, pero es muy bonita. Le salió ayer.

—Bueno, ¿y tú a qué te dedicas? —pregunté aunque estaba segura de que era la típica policía con pinta de policía, que intentaría pasar desapercibida contestando a mi pregunta con algún tipo de evasiva.

—Soy funcionaria. —La respuesta confirmó mi teoría.

—¿Y la pipa que hay en la guantera? —la vacilé e hice que empezara a reírse.

La policía discreta me contó que se había sacado la plaza en Madrid, pero que no podía vivir sin el mar del norte, así que iba y venía todas las semanas con la esperanza de que, algún día, le concedieran el traslado.

—¿Y tú? Tienes pinta de tipa dura. Por un momento he pensado que eras compañera, aunque a estas alturas supongo que ya te habrías identificado. —Cambió el foco de la conversación hacia mí.

Aquel comentario no me extrañó en absoluto ya que, físicamente, yo estaba entre Cruella de Vil y Maléfica.

—Eso parece, pero en el fondo solo soy una especie de princesa Disney que llora hasta con los anuncios. Mi madre lleva toda la vida repitiéndome la misma frase: «Tú parece que te comes el mundo, y luego nada». Aunque estos últimos meses he espabilado bastante: es lo que tiene tocar fondo, que ya solo puedes ir p'arriba.

—Pues me vas a perdonar, pero yo ahora lo que tengo es que ir p'al baño. Me voy a meter en esa área de servicio.

Aproveché la parada para comprar algunas chuches mientras el alemán seguía durmiendo en el asiento trasero del coche. Cuando estuvimos listas, reanudamos la marcha.

—Ya sé que acabamos de salir, pero debo tener infección de orina. Eso o que estoy embarazada a mis cuarenta y cinco años. —La policía discreta se ató el cinturón y arrancó para salir de aquella gasolinera y reincorporarnos a la autopista—. En fin, dale, que te he cortado. ¿Cómo fue entonces el día que perdiste el norte?

—Pues verás, yo siempre quise ser actriz. Pero como suele ocurrir, a mi familia aquello le pareció una locura, así que empecé a estudiar una carrera normal hasta que la locura me dio a mí y lo dejé todo por irme a Madrid y probar suerte en el mundo de la interpretación... Pronto me puse a trabajar como camarera, azafata, trabajos de esos que se consideran parte del oficio; de la parte mala, claro. Tenía un novio y compartíamos piso.

—Y entonces ¿qué pasó?

—Entonces cumplí treinta y tres años, tuve una especie de revelación y decidí bajarme de la cruz.

Quedaba un largo viaje por delante y, ante las pocas alternativas, me dispuse a hacer lo típico que se hace con una completa desconocida con la que vas a pasar las siguientes cuatro horas en un coche que compartes por ahorrarte unos euros: contarle mi vida con pelos y señales.

1

Hay días que te masturbas tranquilamente con el chorro de la ducha y hay días que te surgen de la nada pensamientos intrusivos en bucle que te lo impiden. Aquel viernes noche me resultaban especialmente molestos: «Estás loca, hija»; «Tienes demasiados pájaros en la cabeza»; «Como que vas a dejar Derecho para ser actriz»; «Deja de preocupar a toda la familia»; «Llevas demasiados novios, vas a acabar como la loca de los gatos». La loca de los gatos es ese apelativo que utilizan algunos para referirse a las mujeres que pasan de los treinta y aún continúan solteras; esas cuyo destino final es que su cuerpo sin vida sea encontrado por un bombero buenorro en su pisito de abuela solitaria, justo antes de convertirse en el aperitivo de sus mascotas. Aunque en mi caso sería más triste aún, porque lo de cuidar animales me suponía demasiada responsabilidad.

«Yo, en todo caso, sería la loca de los cactus —pensé mientras dejaba correr el agua de la ducha, aunque ese mes ya se me habían deshinchado todos—. ¿Acaso alguien tiene la más mínima idea de cada cuánto hay que regar un cactus? Pobres, qué forma de morir tan triste. Por mi culpa, por mi culpa, por mi gran culpa…».

Siempre que sentía que había hecho algo mal, me daba por rezar y tocar madera. También me pasaba cuando tenía miedo o necesitaba suerte para cualquier cosa random. Lo curioso es que nunca me acordaba de ninguna oración entera. Solo repetía las mismas frases durante unos quince segundos, tocaba el marco de alguna puerta y continuaba con mi vida como si nada.

—Por mi culpa, por mi culpa, por mi gran, grandísima culpa…

El chorro de agua empezó a salir congelada y me sacó de golpe del bucle.

—¡Dios! —chillé desquiciada.

—¿Qué? —contestó sobresaltado mi novio.

—¡Si abres el grifo de la cocina, a mí me sale el agua congelada!

—Pero si estoy sentado en el sofá.

—¡Pues entonces será que se ha vaciado ya la maldita caldera! Es que es enana, ¡joder!

Mi novio y yo compartíamos un estudio en Malasaña

de calidad-precio milenial. Uno de esos que las inmobiliarias describen como «ideal parejas», pero que en realidad no son adecuados ni para media persona.

—Perdona... —contestó en tono condescendiente a pesar de no tener culpa de nada.

La verdad es que el tipo era un buen chaval, aunque tampoco el santo varón que describía su madre. Era más bien un pan sin sal. Un tío de esos a los que parece que le cobran a euro la palabra. Por no decir, no me había dicho ni un «te quiero» en los tres años que llevábamos de relación. El típico ingeniero con nula inteligencia emocional, casualmente idéntico al hombre que había elegido mi madre para pasar el resto de su vida: mi padre.

Me quité con una toalla la espuma del gel de ducha de vainilla del Mercadona que no me había dado tiempo a aclarar, y me puse el albornoz. Después, abrí el cajón del mueble del baño y cogí el secador para ponérmelo en la nuca. Aunque no me lavara el pelo, aquel pequeño electrodoméstico formaba siempre parte de mi rutina de secado en invierno. Me encantaba sentir que la corriente de aire caliente recorría todo mi cuerpo. Dicen que los cambios de temperatura bruscos no son buenos, pero a mí me daba igual: era adicta a ese pequeño y breve placer.

Mientras disfrutaba de unos segundos de calma, me quedé mirando el uniforme de terciopelo granate que había arrojado con furia contra el suelo al desvestirme. Aquella era la indumentaria de mi puesto como acomodadora en un importante teatro de la Gran Vía. Durante los últimos meses, mis jornadas laborales habían consistido en hincharme a chupitos de pacharán desde que entraba por la puerta; era mi truco para mantener mi falsa sonrisa de azafata-florero a seis euros la hora, con euro extra si me tocaba el turno de noche.

Recuerdo el día que empecé. Mientras el encargado me explicaba mis funciones en un tono bastante déspota, yo me imaginaba subida en aquel escenario cautivando al público con mis actuaciones que derrochaban energía: cantando, bailando, haciéndoles llorar, reír y soñar. Pero lo máximo que había conseguido años más tarde era ayudar a que los espectadores encontraran su asiento, vigilar que tuvieran los teléfonos apagados e indicarles que los baños estaban al fondo a la izquierda. Los mismos baños que me tocaba limpiar cuando el teatro se vaciaba.

Aquel viernes estaba especialmente reventada después de salir de fiesta con mis compañeros la noche anterior. Yo, que había oído que el mejor remedio para las agujetas era hacer más deporte, supuse que para la resaca lo mejor también sería seguir bebiendo. Empecé la jornada con siete u ocho chupitos más de lo habitual, acomodé a la gente como pude y me pasé la función sentada en la última fila, en vez de quedarme de pie junto a la salida de emergencia como me correspondía. Al parecer, me dormí del todo y comencé a roncar. El encargado me despertó con un brusco zarandeo y yo, lejos de volver a mi puesto, sin motivo aparente o con todos los del mundo, enloquecí: «¡Que me dejes dormir!», grité. Los actores dejaron de actuar y se quedaron mirándome. El público también se volvió hacia mí pensando que era un personaje de la obra que se había infiltrado entre el público y que aquello formaba parte del espectáculo. El encargado tiró de mí para llevarme fuera del teatro, pero yo me resistí. Me puse de pie y empecé a declamar el texto que le tocaba a uno de los actores y que yo me sabía de cabo a rabo después de asistir tantas veces a la función.

—¡Sé que fuiste tú, Eduardo! —grité hacia el escenario con una verdad apasionada—. No tengo pruebas, pero tampoco dudas. No tengo ni idea de cómo, pero lo conseguiré, te llevaré a juicio y ganaré. ¡Vas a pasar el resto de tu vida en la cárcel!

Sonó un aplauso, que arrastró al resto del público a una ovación general por mi actuación. Me puse tan nerviosa que terminé por desmayarme.

Minutos más tarde me desperté en el vestíbulo del teatro. El narcisista del encargado me dio un vaso de agua, del que no quise beber porque temía que hubiera escupido en él.

—Dejo este trabajo de mierda. Os aprovecháis de nosotros pagándonos menos de lo estipulado porque sabéis que aquí nos sentimos más cerca de nuestro sueño. Pero ¡es un maldito abuso!

Me miró a los ojos y me dijo con toda la ironía que le permitía su lengua de serpiente:

—Tú no te vas. Tú estás despedida, maldita revolucionaria. Aunque piensa que de algún modo lo has conseguido, Marimar: te vas con el cariño del público.

Salí del baño, di el paso y medio que necesitaba para llegar a la zona de la cocina y saqué de la nevera media pizza del día anterior para después meterla en el microondas. Cogí una botella de vino y me serví un poco en una taza de desayuno, ya que me había cargado todas las copas en borracheras anteriores. Le di un trago largo hasta vaciar la taza y me serví un poco más. Necesitaba recuperar un estado de embriaguez suficiente como para ser capaz de comunicarle a mi novio todo lo ocurrido por la tarde, además de mi decisión de irme de casa y terminar con nuestra extremadamente monótona relación. Era algo que me rondaba por la cabeza desde hacía semanas y, por algún motivo, aquel día me pareció perfecto para acabar con todos los pilares que en aquel momento sostenían mi vida.

Él me esperaba en el sofá con un pijama de rayas de colores tan neutros y simples como su personalidad. En los pies llevaba unas zapatillas de hotel que se había traído de uno de sus viajes de trabajo. El tío era bastante ratilla y le encantaba arramblar con todo lo que ponían en las habitaciones. Llevaba años sin comprarse un champú.

A pesar de los tres grados bajo cero que hacía en el exterior, tenía la ventana abierta de par en par para ventilar esa nube con olor a pedo que se forma al cocinar brócoli. Éramos una pareja en la que cada uno se preparaba su propia comida. Lo de cocinar lo mismo era un tema que nos había traído muchos problemas en el pasado, sobre todo porque yo pasaba de comer sano todos los días.

Di otro paso y medio y llegué a la zona del salón. Me senté a su lado y coloqué la pizza en la mesa. Acto seguido, saqué tres mantas del Primark de una cesta de mimbre que había junto al sofá, y me envolví en ellas como un gusano para no morir congelada. Empezamos a cenar mientras llevábamos a cabo nuestro plan de viernes noche: ver una película de zombis.

Engullí la pizza como si fuera un pavo, en los diez primeros minutos de película, con una combinación de hambre feroz y ansiedad. Él, por el contrario, parecía un pajarito refinado al que aún le quedaba la mitad de su ración de brócoli, aunque en vez de pico tenía unos perfectos labios carnosos que empezaron a ponerme cachonda. Había leído que el riesgo de muerte te ponía caliente, pero no tenía ni idea de que eso se aplicara también a la muerte de una relación amorosa.

Mi ansiedad empezó a desaparecer y, por un momento, recuperé la ilusión. Fue como si las dos mariposas que me quedaban en el estómago hubieran chocado una contra la otra y de nuevo hubieran encendido en mi interior la llama del amor. En mi cabeza apareció un titular: ¿acaso había estado a punto de tomar una de las peores decisiones de mi vida o era solo el efecto del aumento de la oxitocina lo que nublaba mi mente?

Me dejé llevar por mi lado más animal y me arrastré hacia su lado del sofá. Empecé a tocar con mi mano la pieza inferior de su aburrido pero suave pijama de *cashmere* y le di un apasionado beso en el cuello.

—¡Para! —saltó de repente.

—¿Qué pasa? —contesté asustada.

—No me des besos, que me llenas de babas.

—¿Qué? —contesté atónita.

—Que ya me he duchado, Marimar.

El tiempo se ralentizaba cuando comencé a sentir algo como lo ocurrido unas horas antes en el teatro, aunque esta vez no me salió gritar. Me quedé literalmente muda y paralizada. Me puse a tiritar y, al cabo de unos segundos, de mi boca salieron solo dos palabras:

—Se acabó.

Él se me quedó mirando con la misma cara que leía un libro, practicaba sexo o dormía: absolutamente inexpresivo. Al cabo de unos segundos me preguntó:

—¿A qué te refieres exactamente, Marimar?

Después de un breve e incómodo silencio, le contesté:

—Que quiero dejar nuestra relación.

Según lo decía noté su miedo. Acto seguido, el tenedor con un arbolito de brócoli cocido se le cayó de la mano y aterrizó en la alfombra. Se levantó nervioso y fue corriendo hasta la zona de la cocina.

—Ahora vengo —dijo.

Segundos más tarde, apareció con unos guantes de fregar puestos, una bayeta en la mano derecha y, en la izquierda, un espray de limpieza total tres en uno.

De repente, la emoción del teatro volvía a apoderarse de mí. Mi temperatura corporal subía por momentos, la olla a presión que llevaba dentro estaba a punto de explotar.

—¿Te importa levantar los pies un segundo para que pueda limpiar la alfombra? —Oí cómo aquellas palabras salían de su boca, una tras otra. No me hizo falta nada más.

Cogí el tenedor, arranqué el pedazo de brócoli y lo dejé caer de nuevo al suelo para después pisarlo. Luego me cebé con cada uno de los trozos que le quedaban en el plato: uno lo lancé contra la pared blanca de gotelé que teníamos enfrente, otro se perdió entre las cortinas y el último y más grande salió disparado hasta impactar en el único cactus que quedaba vivo, que se estampó contra el suelo del patio de luces.

El plato se quedó vacío y nosotros dos, de pie, nos mirábamos petrificados entre chorretones de aceite de oliva virgen extra. Al final, abrió las manos y dejó caer la bayeta y el espray tres en uno. Avanzó hacia mí y me abrazó fuerte con los guantes de fregar aún puestos.

—¿Qué quieres, Marimar? —me susurró al oído con voz temblorosa.

Después de escuchar aquellas palabras, me derrumbé. Empecé a llorar desconsolada. Al cabo de unos minutos de respiraciones entrecortadas que harían dudar a cualquiera de si quien sufría era una humana o un animal, contesté:

—Quiero a alguien que me chupe los pies.

Esa noche él durmió en casa de un compañero del trabajo. Yo aproveché para hacer una pequeña maleta con cuatro cosas para salir de allí lo antes posible. Acto seguido, me bebí a morro el vino que quedaba en la botella, cogí el teléfono y llamé a mi madre. Le dije una única frase:

—Mamá, vuelvo a casa.

—¿Qué has liado esta vez, hija?

Cogí aire y le expuse el titular:

—Ni casa, ni curro, ni cactus.

Km 350

—Como llueve, voy a reducir un poco la velocidad —dijo la policía discreta.

—Sí, yo voy a subir un poco la ventanilla porque el agua entra más fría que la del naufragio del Titanic —comenté.

—¿Qué opinas tú de la polémica sobre la tabla?

—Pues que cabían los dos, pero Rose dejó que se hundiera Jack porque en el fondo tenía miedo al matrimonio y sabía que era lo que tocaba si se salvaban. —La policía discreta siguió mirando a la carretera porque no sabía si reír o llorar.

2

A mares llovía el día que regresé a casa de mis padres. Hacía un frío de esos que, como dicen las abuelas, «se te mete en los huesos». En plena crisis de los treinta, estaba de vuelta en la casilla de salida, mi aburrido pueblo costero. Había quien lo consideraba una villa y quien lo veía como una ciudad pequeña. Para mí, era simplemente el lugar más insulso del mundo.

La casa de mi familia era la típica casa de pueblo de dos alturas, rodeada por un pequeño terreno. En la parte de abajo había un salón-comedor bastante amplio, que conectaba a través de un pasillo alargado con la cocina y un aseo. En la planta de arriba estaban los dormitorios y otro baño más grande. Mi hermana Carlota, la hermana buena, llevaba un par de años viviendo en Barcelona con su marido Fer, pero por algún motivo era mi habitación la que se utilizaba como trastero.

A la mañana siguiente de mi llegada, me desperté en mi antigua cama de noventa centímetros con un dolor terrible en el codo. Debido a la falta de espacio, me quedaba suspendida en el aire la parte inferior del brazo. Esa noche había estado a punto de caerme de la cama un par de veces y acabar así como mi último cactus, estampada, pero en vez de contra el suelo de un patio de luces, contra una alfombra fucsia de pelo. Aquella cuna para adultos era como la metáfora de mi propio fracaso de vida: sin cama de matrimonio, sin marido y con una constante sensación de estar al borde del precipicio.

Pero todo no era tan malo. Cuando comenzó a sonar, me di el placer de posponer la alarma un par de veces. Estaba decidida a disfrutar de retrasarla una tercera, cuarta o decimoséptima vez; a celebrar la libertad de no tener que levantarme a una hora concreta para ir a clase, al trabajo o al bufet libre de un hotel porque se te pasa la hora del desayuno. Por primera vez en mucho tiempo no tenía que cumplir ningún horario. Estaba tapada hasta la nariz con mi viejo nórdico calentito, en cuya funda los dibujos de Mickey y Mini se pegaban el lote, cuando un pequeño rayo de luz tenue se filtró por una rendija de la persiana e iluminó un peluche que tenía a los pies. Me quedé mirándolo fijamente y recordé a la persona que me lo había regalado, mi primer ex; tanto el peluche como él tenían la misma cara de lastimeros. En su día estuve a punto de dejar de lado mis aspiraciones y quedarme para siempre en el pueblo por nuestro amor eterno. Menos mal que me puse los cuernos a tiempo. Aunque ya me quedaba lejos, aquel desamor fue uno de los momentos más duros de toda mi adolescencia.

Levanté la mirada y comprobé que allí seguía otro de los habituales de aquella habitación, Brad Pitt, semidesnudo en aquel póster con un sombrero de *cowboy* y la sonrisa más pícara que nadie haya visto jamás. Él había sido uno de mis mayores apoyos durante la ruptura. «Qué alto dejaste el listón, Brad», pensé.

A su alrededor estaban las fotos con mis amigas de la infancia en pleno apogeo de nuestra fase choni, porque con Tuenti no murieron todas las pruebas. Ninguna de ellas vivía ya en el pueblo. Lo típico: ahora nos veíamos de Navidad en Navidad. Cada una había hecho su vida en la ciudad en la que estudió o en el lugar donde encontró trabajo. Aquello también hizo que perdiéramos bastante el contacto y lo poco que sabía de sus vidas era a través de las redes sociales o de cuando nos mandábamos algún mensaje random por el grupo de amigas.

La alarma volvió a sonar, pero esta vez no atiné y, al intentar posponerla de nuevo, el móvil se me coló por el lateral del colchón. Metí la mano para recuperarlo y noté un bulto. Lo cogí y descubrí que era un diario de la Marimar adolescente. Pensé que no habría nada escrito —lo típico que pasa también con las agendas, que te las compras y luego solo pones tu nombre y apellidos—, pero al abrirlo apareció un poco más de información.

Una especie de cuadrante destacaba entre frases inconexas y sin mucho sentido. Como título, en letras mayúsculas, se podía leer OBJETIVOS, seguido de un listado con distintos ítems:

- Tener los dientes más blancos.
- Estar más delgada.
- Jugar mejor a voleibol.
- Encontrar al amor de mi vida.
- Tener familia numerosa.
- Aprobar mates y química.
- Conseguir dinero.
- Hacerme mechas.

Aquella lista me recordó el batiburrillo emocional de mi adolescencia. Empezaron a venirme los recuerdos a la cabeza, como algunos de los errores que cometí o lo perdida que estaba en ciertos asuntos. Por un momento cerré los ojos y pensé en qué pasaría si volviera a nacer, si volviera a vivir mi vida con todo lo que sabía ahora. Volver a empezar. Aunque eso supondría tener que repetir todos los exámenes y olvidar al día siguiente lo estudiado para no acordarme jamás de nada; todas aquellas horas de colegio encerrada en aulas que parecían jaulas; todos los dolores de la regla y también los de cabeza, por intentar seguir las normas impuestas, aunque eso era algo que en verdad nunca había llegado a dejar de sentir del todo. Mientras reflexionaba sobre mis errores del pasado, que me habían conducido a la situación actual, empecé a morderme la uña del dedo gordo. Por más que lo intentaba, no conseguía arrancar un cachito, ya que llevaba la manicura semipermanente. Unos ruiditos hicieron que desistiera de mi autocanibalismo. Parecía que había alguien al otro lado de la puerta.

—¡Adelante! —exclamé sin obtener respuesta—. ¡Adelante! —grité más fuerte.

Después de un extraño forcejeo, la puerta se abrió. Era Aceituna, la perra más bonita pero con el nombre más ridículo del pueblo. No sé cómo lo había logrado, pero había aprendido a utilizar los picaportes. Cada vez parecía más humana. Tan solo unos segundos más tarde, alguien entró tras ella y encendió de golpe todos los focos del techo, dándome un puñetazo lumínico en los ojos.

Aceituna se puso nerviosa y me pisoteó la barriga de una forma que me hubiera provocado un aborto de haber estado embarazada. Aquella perra había crecido tan rápido que no le había dado tiempo a asimilar que ya no era un cachorro de trescientos gramos. Pesaba, así a ojo, lo que una cría de mamut.

—¡Venga, arriba, que son las dos de la tarde! —Reconocí la voz de mi madre.

Me levanté enfurecida de un salto, tan rápido que me mareé un poco y me tuve que volver a sentar. Casi soy yo la que aplasta a la perra esta vez, ya que no había perdido ni un segundo y se había metido en la cama con la cabeza apoyada en la almohada, como si de un ser humano se tratara.

—Es que ella suele dormir aquí —dijo mi madre haciéndome sentir una intrusa en mi propio cuarto.

—¡Dios, mamá! ¿Podrías llamar a la puerta antes de invadir así mi maldito espacio personal?

—¡Venga, que hay que hacer cosas, que esto no es un resort!

—¿Quieres que haga cosas? Pues dime qué hago con todas estas mierdas —le solté señalando el par de bicicletas con las ruedas deshinchadas, la lavadora y la aspiradora del año de la pera que estaban en mitad de la alfombra esperando a que mi padre las arreglara algún día.

—¿Cómo dices? —contestó indignada refiriéndose al término «mierdas».

—Que dónde pongo los artículos escacharrados pertenecientes al resto de los familiares que habitan este hogar y que ahora mismo impiden tanto mi paz mental como el paso por mi habitación.

—Así sí. Esta semana le digo a tu padre que te ayude a bajarlos al garaje —continuó.

—¡Es que necesito que sea hoy!

En esa casa estaba prohibido llamar a ningún manitas, porque el responsable de reparar cualquier cosa que se rompía era mi padre. El problema es que el retraso en su lista de espera era de dos años. A ese ingeniero aeroespacial prejubilado, ver la televisión y jugar al golf le tenían demasiado ocupado.

—¡Es que tu padre tiene que hacer sitio antes, que también tiene no sé cuántas cosas allí abajo almacenadas!

—¿Y cuándo va a ser eso?

—Pues cuando sea. Que los chicos de hoy en día lo queréis todo para ya.

—¡Lo que pasa es que en esta familia llevamos toda la vida a ritmo ameba! —Yo no tenía ni idea de lo que era una ameba, pero me sonaba que era algo lento.

—Mira, guapa, ¿ves ese montón? —respondió mi madre señalando a una esquina llena de bolsas con una capa de dos centímetros de polvo encima—. Eso es ropa tuya que lleva ahí desde el año 2007. Así que mira si tienes tarea.

Vete empezando, que la comida estará lista en media hora.

—¡Pero si no he desayunado!

—En esta casa hay unos horarios. El turno del desayuno ya pasó y ahora toca el de la comida, así que te vas activando y bajas.

Al parecer mi madre iba a seguir tratándome como una adolescente, tuviera la edad que tuviese. Y lo que era peor, inconscientemente yo iba a seguir comportándome como tal. Cogí el capuchón de un boli Bic que estaba metido en una taza blanca de Starbucks, encima de mi antiguo escritorio, y rajé todas las bolsas haciendo que la ropa se esparciera por el suelo. Después la amontoné formando una bola y la metí en el armario como pude.

Bajé las escaleras y entré en la cocina. Mi madre llevaba un delantal de cuadros rojos y blancos, y de fondo, en la televisión, se oía el programa *La ruleta de la suerte*. Ella participaba en los cánticos, como si de una integrante más del público se tratara:

—¡A por el bote, oééé…!

Mi progenitora era una ama de casa multidisciplinar. Impartía varios talleres de creación artística para las gentes del pueblo de manera altruista, además de ser catequista y la mano derecha del cura.

—¿Qué hay para comer?

—Judías.

—Qué bien, la comida que más odio en el mundo en el día que más hambre tengo del mundo.

Mi madre le dio un trozo de rico chorizo a Aceituna, en toda mi cara, para después proseguir con su discurso:

—En un lugar donde no tuvieran qué llevarse a la boca te tenía que haber parido.

Sin más remedio me hinché a pan. Pasados unos minutos, y con el plato de judías intacto en la mesa, mi madre decidió sacar otro temita que le pareció interesante:

—¿Soltera de nuevo, entonces? La soledad es muy dura, ¿eh, Marimar?

Sus palabras se clavaban como alfileres en mis oídos. Yo intenté evadirme y centré la atención en la ruleta y sus giros.

—Sí, no quiero hablar del tema, gracias —murmuré con desinterés.

Había tenido varias parejas, pero, aunque lo había pasado muy mal en todas mis rupturas, lo cierto es que siempre me había sido fácil mirar hacia delante. No obstante, esta vez las cosas ya no pintaban tan bien. La diferencia fundamental era que ya tenía treinta y tres años, la edad en la que murió Jesucristo, la edad en la que dejas de crecer y empiezas a envejecer, la edad en la que mi atractivo comenzaría a caer en picado.

—Es que los traes a casa y luego se les coge cariño —insistió mi madre—. Además, con lo majo que se le veía a este chico. Te centraba tanto… Le he mandado un mensaje de despedida.

—¿Que has hecho qué?

—Sí… —dijo mirándome con cara de resignación—. Ya me dijo que no te habías portado muy bien con él, y que habías decidido dejarlo de repente, que él no pudo hacer nada.

—Bueno, mira, ¡ya! —exploté—. #Exnoviobrocoli era un puto muermo. Me he pasado toda nuestra relación reprimiendo mi manera de ser porque él decía que mi actitud era ridícula. Y apenas tuvo ni una muestra de cariño en tres años de relación.

—La verdad es que tienes muy pero que muy mala suerte en el amor.

—¿Mala suerte la mía o mala suerte la tuya, que no has catado en tu vida otro hombre que no sea mi padre?

—Y tú qué sabrás —saltó ella.

—Un momento, ¿qué? —No sabía si mi madre se hacía la interesante o iba en serio, pero creo que estaba empezando a tener más información de la que necesitaba.

—¡Yo sí que tengo una pila de ex! —gritó la vecina de la casa de enfrente por la ventana.

—Fernanda, ¿qué tal? —la saludé mientras intentaba no ahogarme con una miga que del susto se me había quedado atravesada en la garganta—. ¡Qué guapa estás! —continué cuando por fin pude respirar. En verdad era sorprendente cómo se conservaba aquella mujer a sus ochenta y tantos.

—Ya sabes, hija, la felicidad me pone guapa, me siento más joven que nunca. ¿No te ha contado tu madre lo que he hecho?

—No, se ha dedicado a sacarme de quicio, que le divierte más.

—¡Ay, la catequista! ¿Qué le has dicho a la niña?

—De niña nada, que ya es una mujer y tiene que madurar.

—Bueno, hija, cada una a su tiempo. Yo sigo en ello, ¡ja, ja, ja! —se puso a reír alocadamente.

—Entonces ¿qué es lo que has hecho, Fernanda? Cuéntame.

—Pues que me he hecho un tikitoks de esos y lo estoy petando.

—¡Olé! ¡Qué bueno! —le dije—. ¿Cómo te encuentro? Dime tu nombre, que te sigo.

—@La.abuelatiktoker, fácil, rápida y para toda la familia —dijo a la vez que daba vueltecitas sobre sí misma y se marcaba un pequeño perreíto.

Mi madre se puso a hablar con ella por la ventana y yo aproveché para vaciar el plato de judías en la basura sin que me viera. Después cogí el fuet de la nevera y me fui corriendo escaleras arriba, a mi habitación.

Me senté en la cama y di un mordisco al embutido mientras de nuevo miraba a Brad a los ojos. La situación era bastante insoportable; estaba de vuelta en el bucle de la convivencia familiar. Tenía que trazar un plan y salir de allí como fuera, pero, si era sincera, había algo en todo aquel caos que estaba disfrutando.

Km 325

—¿Qué es lo que más te gusta de la Navidad? —le pregunté a la policía discreta.

—Los niños —respondió con rotundidad.

—¿Has oído alguna vez un poema que dice que no hay que volver donde se ha sido feliz?

—¿Eso no es una canción de Sabina?

—También. La gente cree que no hay que mirar al pasado porque el tiempo hace que no recordemos las cosas como fueron cuando en realidad son los hijos los que lo cambian todo.

—¿No te gustan los niños?

—Me gustaban los niños cuando mis amigas y yo pertenecíamos a ese colectivo. Ahora que ellas son del colectivo de las que los cuidan y no tengo con quién pasar las fiestas, no —dije un cincuenta por ciento en broma, un cincuenta por ciento víctima de la frustración.

3

En aquel pueblo del norte, con la vuelta a casa por Navidad, el 24 de diciembre era uno de los días con más ambiente del año, el día de ciego asegurado por excelencia. En esta ocasión no habría reencuentro con el grupo de amigas, ya que, entre trabajo, bebés y falta de ganas, ninguna estaba disponible, así que convencí a mi hermana y a mi cuñado para que bajaran conmigo a la plaza. Por algún motivo, en vez de estar tranquilamente de fiesta, decidieron comportarse toda la tarde como si yo fuera responsabilidad suya. Aquella situación me recordaba a mis primeras salidas nocturnas en las que, casualmente, siempre me encontraba a mi madre paseando a Aceituna por los lugares que yo solía frecuentar.

—Entonces ¿qué, cuñada, cómo vas? ¿Nos sacas de pobres o no?

—La verdad es que todo lo contrario. Al paso que voy, cuando ya no estén mis padres, me tendrá que adoptar mi hermana y os haré más pobres todavía.

—¡Ja, ja, ja! Sí, claro, a vivir como una mantenida.

—Sí, como tú, te quitaré el puesto. Nada está por encima del amor de dos hermanas. Cuando yo quiera, tú te piras.

Mi cuñado era un artista que intentaba pintar cuadros, y mi hermana, después de unos años estudiando unas oposiciones, había conseguido un importante puesto en Aduanas, en la sede de Barcelona. Ella era la que llevaba el dinero a casa y él era el que daba la salsilla a la relación; es decir, mi cuñado se encargaba de hacer las gracietas sin gracia...

Mi hermana, que había ido al baño de uno de los bares de la plaza, se acercó a nosotros en ese momento.

—Marimar, ¿qué le estás diciendo? Ya sabes que es muy sensible —dijo al ver la cara de cordero degollado de su marido, que en cuestión de segundos comenzó a hacer pucheros.

—Ella no tiene la culpa, Carlota, solo razón. Voy un momento a por un vaso de agua, ahora vengo —dijo mientras se ponía las gafas de sol y se alejaba entre la gente.

—Hija, qué intenso —comenté yo.

—Intensa tú. No puedes decir siempre todo lo que se te ocurra y pretender que el resto te lo pasemos por alto por ser tú. Hay gente que también es especial y también tiene problemas. No eres el centro del mundo, Marimar.

Apuré lo que me quedaba del cachi mientras contemplaba cómo mi hermana salía corriendo detrás de su maridito. Hasta que alguien me dio unos golpecitos por detrás, me asusté y escupí el último sorbo de calimocho en mi jersey.

—¡María de los Mares de la Concepción García Herrera!

Una persona que se sabía mis dos apellidos solo podía ser un familiar, un abogado o alguien con quien hubiera ido a clase de pequeña. Resultó ser la tercera opción. Los reencuentros sorpresa con gente de mi pasado eran algo que no me gustaba en absoluto, ya que me obligaban a improvisar un discurso convincente que ocultara mi verdadera realidad de caquita.

—¿Amanda? ¡Cuánto tiempo! —exclamé con un falso entusiasmo cargado de una ironía que ponía los pelos de punta.

—Mujer, ¿qué tal? Estás más normal que nunca.

Podría haberlo dejado ahí, pero no, siguió hablando:

—Con lo rarita que eras de pequeña.

A decir verdad, aquello era cierto. Yo era una de esas niñas frikis que siempre iban un paso por detrás del resto en todos los sentidos menos el académico, porque, como no me dejaban salir, acababa estudiando por aburrimiento.

Fui la última de la clase a la que dejaron usar internet, tener móvil o pintarse las uñas. Además, tenía prohibido ver *Los Serrano* o cualquier otro programa de Telecinco. Amanda, en cambio, era la niña más guay de la clase. Sus padres estaban divorciados, lo que hacía que tuviera mucha más libertad que el resto. Fue la primera que se besó con un chico, se echaba colonia de Britney Spears y decía que le gustaba el café.

Se hizo un silencio incómodo y Amanda, lejos de irse, siguió sacando tema de conversación. Por lo que parecía, estaba tan sola como yo.

—Y bueno, ¿estás aquí por vacaciones?

—No, ahora vivo aquí.

—¿Estás estudiando algún máster a distancia? ¿Una oposición?

—No.

—Ah, vaya, por un momento he pensado que ya habías dejado de fantasear con lo de ser actriz. Sé que estabas con eso porque lo he visto por Insta.

De nuevo, un silencio incómodo y otro tema de conversación.

—Pues yo empecé a estudiar el módulo de animación de actividades deportivas. Me puse a hacer las prácticas en un equipo de fútbol y a la mitad las dejé porque me lie con Miguel Ríos, el futbolista. ¿Sabes quién es?

—¡Ah, sí! —contesté sin tener ni la más mínima idea, pero evitando así que me diera más explicaciones.

—Pues bueno, ya sabes, me da la vida que todas queremos.

Yo la miré extrañada, aunque lo dijo con tal convicción que me hizo dudar de si realmente esa era la vida que todas queríamos.

—Él ahora está con su familia y yo, con la mía.

—Ajá —intenté mostrarme interesada.

—Por Navidad.

—Vale.

—Yo no quería, pero se ha empeñado. ¿Te parece una mala señal?

Amanda hablaba de temas insulsos y yo bebía y me aislaba en mi pedo mientras asentía con la cabeza. En un momento dado, nos juntamos con un grupo de colágenos que teníamos al lado. Sin pensarlo demasiado, empecé a darme cuatro besos con uno de ellos. Cualquier cosa era mejor que seguir escuchando a semejante cotorra.

Pasadas unas horas, a eso de las ocho de la tarde, el equipo de rescate me llevó a casa. Entré colgada del hombro de mi cuñado y, mientras mi hermana vigilaba que el resto de la familia no me viera, me acercó hasta el baño. Me di una ducha, que hizo que se me pasara bastante el ciego, me puse el pijama y fui hacia el salón.

Mi hermana y mi cuñado estaban acabando de poner la mesa. Mi padre y mi tío estaban sentados en el sofá, viendo la tele.

—Parecen dos veteranos de guerra intercambiando desgracias —bromeé con mi cuñado en un intento de hacer las paces.

—Y eso que solo pasaron un año en la mili. Bueno, en la cantina del cuartel —me susurró entre risas confirmando que no estaba enfadado.

Después me dirigí hacia la cocina, donde estaba mi madre. Me senté en la mesa y, como todas las nochebuenas, me dispuse a ocupar mi puesto de emplatadora oficial de ibéricos. Empecé por el jamón y solo con ver el precio en la etiqueta me puse a salivar. En el envase también se podía leer: DEJAR 2-3 MINUTOS A TEMPERATURA AMBIENTE ANTES DE CONSUMIR. Entre dos y tres segundos tardé yo en saltarme la recomendación y meterme una loncha en la boca. Justo en ese momento, mi padre pasó por detrás camino de la nevera, en busca de la botella de vino blanco para rellenar su vaso, y me pilló en pleno asalto.

—¿Qué haces, Marimar? —dijo en voz alta para que mi madre lo escuchara, como si fuera un adolescente chivato.

—Pues estoy comprobando si la recomendación de consumo es correcta o si se trata solo de una estrategia de marketing para crear ansiedad en el consumidor —improvisé—. Porque cuanto más esperas, más hambre te entra, y entonces ¿qué pasa? Pues que te acabas comiendo el paquete entero de golpe. Lo siguiente sería entrar en un bucle infinito de compra de sobres y más sobres, que derivaría en una absurda adicción al jamón seguida de una muerte prematura por un exceso de sal en sangre.

Para cuando terminé mi discurso, mi padre ya no estaba en la cocina. Creo que nunca había mantenido con él una conversación que superara los treinta segundos. Mi madre tampoco había escuchado nada, porque tenía el extractor pegado a la oreja. Es decir, estaba hablando sola.

La abuela tiktoker entró por la puerta de la cocina.

—Pero ¡qué sorpresa! ¿Qué haces aquí? —le preguntó mi madre.

—Me he colado por la ventana. Que nooo, que me ha abierto tu marido. Ya le he dicho que hacía mucho que no le veía de pie, que me alegra comprobar que no se ha quedado inválido —dijo haciéndonos reír a mi madre y a mí.

—¿No pasas la Navidad con tu familia? —pregunté yo.

—Qué va, hija, yo ya no tengo paciencia para aguantar tonterías. Mis hijos están muy pesados: que si no les parece bien que tenga novios, que si tengo que dejar de fumar, que si el tikitoks no es para gente de mi edad… ¡Haré lo que me dé la gana! —cortó su discurso al empezar a toser, como si se le fuera a salir un pulmón por la boca.

—Lo de fumar no admite mucha discusión —le reprochó mi madre.

—Lo de fumar, lo de fumar, lo de fumar... Tienes razón, Gelu, pero métete en tus asuntitos. El año que viene lo dejo, ¡pesaos! La cuestióóón es criticaaar... —se fue cantando hacia el salón.

Aquella mujer tenía un carácter arrollador. Era de esas personas que podrán caerte mejor o peor, pero que nunca te dejarán indiferente. Fernanda era una revolucionaria. A pesar de no haber viajado en su vida, era una mujer muy leída. Siempre repetía la misma frase: «En este pueblo van con veinte años de retraso».

Mi padre y mi tío se sentaron en los dos sitios de la mesa en los que mejor se veía la televisión; mi madre, en el más próximo a la puerta, para estar pendiente del lechazo que se cocinaba en el horno, y el resto, donde cupimos.

En la cena, entre botella y botella de vino, muchas risas y los típicos comentarios sobre política, mi detector de heterobasiquismo, como el de (malos) humos, se disparó.

—Ya no hay mesa de los niños. Vaya pena —dijo mi tío—: que se os pasa el arroz, sobrinas, que a partir de los treinta se os empiezan a quedar las tetas colganderas.

—Ahora hay mesa de los perros —le contesté furiosa.

—Será del perro, sobrina, porque o estoy ciego o aquí

solo hay uno. Y encima Aceituna es de vuestros padres, que no tenéis madurez ni pa' cuidar un animal.

—Hay dos, lo que pasa es que tú te has confundido de mesa.

—¡Marimar! —saltó mi padre a modo de aviso.

—Pero si es verdad, no ves que no para de ladrar —le dije a mi padre refiriéndome a mi tío.

La vecina tiktoker empezó a toser, pero esta vez no fue por el fumeteo, sino más bien porque parecía haberse atragantado con algo.

Mi cuñado se levantó rápidamente y le hizo la maniobra de Heimlich para que escupiera el trozo de carne que se le había atascado. Tras unos segundos de tensión, el pedazo salió disparado e impactó de lleno en la cara de mi tío.

—¡Qué asco, señora! —gruñó él entre arcadas.

Se iba poniendo cada vez más amarillo y, sin poder evitarlo, arrojó un pequeño vómito en el plato. A mi madre también le dio una arcada, porque estaba sentada justo a su lado. Intentó levantarse para llegar enseguida al baño, pero se tropezó y acabó vomitando por encima de la cabeza de mi tío.

Mientras mi tío se aseaba, recogimos la mesa entre todos. Mi padre había decidido colaborar, parece que por miedo a ser la siguiente víctima del karma. Mi madre seguía llorando de la risa mientras metía los platos en el lavavajillas. Entretanto, la abuela tiktoker y yo grabábamos un directo contando la anécdota y entrevistando a mi hermana y mi cuñado como testigos. A continuación, nos sentamos todos alrededor del árbol y comenzamos a darnos los regalos. En mi familia siempre se abrían en Nochebuena en vez de la mañana del 25. Podría parecer que respondía a algún tipo de tradición; simplemente, no éramos capaces de esperar al día siguiente. Mi tío, ya limpio, se sentó a mi lado en el sofá.

—Lo cierto es que no te queda mal —comenté al tiempo que señalaba la camiseta del Pryca que le había cogido a mi padre, en sustitución de su rancia camisa de cuadros.

—Gracias, sobrina. A ti esos pelos de loca tampoco te quedan nada mal —me contestó, en referencia a mis rizos.

La primera en desenvolver su regalo fue mi hermana.

—¡Ualaaa! ¡Una billetera de Burbuja!

En algún momento de nuestra adolescencia, mi madre descubrió que a mi hermana y a mí nos gustaban las supernenas. Desde entonces, año tras año, nos regalaba todo tipo de gadgets de la serie, convencida de que iba sobre seguro. Teníamos cojines, calcetines, carteras, bufandas, bragas, sujetadores… En lugar de enfadarnos porque mi madre pensara que teníamos los mismos gustos de la adolescencia, aquello se había convertido en una especie de chiste recurrente en la familia. Mi hermana y yo esperábamos ansiosas a ver qué artículo nos caía para morirnos de la risa.

—A mí me ha tocado un calendario de pared deee... ¡Cactus! —exclamé yo cuando desenvolví el mío entre risas.

A mi tío y a mi padre les habían tocado un par de zapatillas de andar por casa y a mi cuñado, una colonia. A mi madre, un set de pinturas para sus talleres, y aún le quedaba un segundo regalo por abrir. La vecina tiktoker parecía haberle traído su propio presente.

—Pero ¿qué es esto?

—Un satisfayers de esos.

—¡Por Dios! Pero Fernanda, ¿tú estás chalada?

La vecina tiktoker empezó a descojonarse. Le comentaba que ella también tenía uno y que le iba de lujo.

—Si tú no lo quieres, que se lo quede Carlota, que seguro le hace falta —dije.

Mi cuñado se me quedó mirando, se puso a llorar otra vez y salió del salón. Mi hermana fue de nuevo detrás de él.

—Era una broma. ¡Dios!, ya me lo quedo yo. Así tengo la versión acuática y la de tierra. Además, ni que por estar en pareja no pudieras masturbarte.

—Marimar, se acabó. Tú también te vas a tu cuarto —me ordenó mi padre.

Me quedé callada, cogí mi regalo y me fui a la habitación.

Una semana más tarde, en Nochevieja, estábamos todos sentados de nuevo en los sofás, viendo la gala de Televisión Española y a la espera de que dieran las campanadas. Mi padre soltaba pequeños ronquidos y mi madre le daba codazos a cada rato para despertarlo. Mi tío jugaba con Aceituna, que lanzaba unos gruñidos insoportables, mientras Fernanda hacía otro de sus directos para TikTok. Mi hermana y mi cuñado especulaban sobre cómo sería el vestido de Cristina Pedroche, y yo me limitaba a observarlo todo y a evitar el conflicto a toda costa. Empezaron a sonar los cuartos y nos dispusimos a comer las uvas. En ese momento, a la gente le da por hacer un balance del año que acaba, pero a mí me dio por hacer un balance de toda mi vida. Y entonces me di cuenta de que, a pesar de no tener casi nada, poseía lo más importante del mundo: una familia a la que volver.

Km 300

Me quedé mirando una medalla de unos ángeles que colgaba del espejo retrovisor.

—¿Creéis en Dios? —pregunté curiosa.

—¡Claro! —contestó el alemán, que había estado durmiendo todo el trayecto—. Por eso he hecho el Camino de Santiago.

—Sí, claro, ya lo suponía por el look Quechua —le respondí.

—¿Qué ser Quechua? —preguntó el alemán errante.

—Da igual —respondí para zanjar el tema. Me daba una pereza tremenda el momento «Marcas de ropa de aventura. Un, dos, tres, responda otra vez...».

—Yo no soy creyente. Son los ángeles custodios, el patrón de la Policía Nacional. La medalla me la regaló un compañero y la he dejado ahí porque, total, mal no queda, pero a mí ni siquiera me bautizaron de pequeña —contestó la policía discreta—. ¿Y tú?

—Mi madre es catequista.

4

Lo malo que tenía ser la hija de la catequista era que siempre que se necesitaban voluntarios, para cualquier cosa, te tocaba pringar. Quisieras o no quisieras, te convertirías en una esclava del bien. La idea de tomarme una temporada de descanso en casa de mis padres, que me permitiera tener todo el tiempo del mundo para pensar qué iba a hacer con mi vida, se esfumaba día a día. Mi madre me había ido arrastrando «voluntariamente» a su nuevo proyecto: montar una obra de teatro con su grupo de la parroquia.

En aquel entonces, cada vez que escuchaba las palabras «actuar» o «teatro», me entraba un pánico terrible porque me recordaban mi ida de olla en Madrid. Mi madre se dedicaba a restarle importancia y durante una semana me arrastró cada día a la biblioteca del pueblo, aunque yo seguía completamente bloqueada. Me pasaba la tarde mirando al infinito, a la espera de que me viniera algo de inspiración por ciencia infusa. En cambio, mi madre escribía ideas en un documento de Word. Estaba claro que en eso no había salido a ella.

Mientras yo luchaba por no quedarme dormida, la titiritera de Dios en la tierra salió a por un par de cafés. Tenía los ojos cerrados cuando alguien empezó a darme unos golpecitos. Al abrirlos, la vi.

—Joder, Amanda, ¡qué susto!

Antes de que yo pudiera pronunciar ni una sola palabra más, me arrolló con su verborrea habitual:

—¿Te acuerdas del futbolista ese que te conté? ¿Al que seguía partido a partido, de ciudad en ciudad? Pues resulta que también de cuernos en cuernos… Ha salido mal: se ha enamorado de otra más joven y ha volado. Como dirían de mí las malas lenguas: «No le ha dado tiempo de embarazarse y asegurarse la pensión».

—Vaya —contesté sin saber muy bien qué decir.

—Vaya vaya. Porque ahora he conocido lo que es la buena vida y no quiero prescindir de ella, así que he decidido venir a la biblioteca.

—¿A retomar los estudios? —pregunté, inocente.

Soltó tal carcajada que toda la biblioteca se giró y nos miró.

—No —respondió tras cortar la risa en seco—. Estoy aquí para ver si pillo a algún *sugar daddy* de estos muy listos, que algún día acabe teniendo un buen trabajo y pueda mantenerme. En realidad, el término correcto sería «futuro *sugar daddy*» —dijo y se quedó pensativa.

—Si te sirve de algo, mi padre dice que los ingenieros que contratan hoy en día cobran cuatro veces menos que lo que cobraba él cuando entró en el mismo puesto —le advertí.

—Ya, bueno, al menos tienen un trabajo estable. Yo qué sé.

—Pues vete a un asilo y píllate un viejo forrado y sin familia —bromeé.

—Pues me lo estoy pensando —aseguró con una frialdad devastadora.

Nuestra conversación, digna del guion de una película de la España de los años sesenta, fue interrumpida por mi madre. La cosa mejoraba por momentos.

—¡Cuánto tiempo, Gelu!

—¡Amanda!, pero ¿qué tal estás?

—¡Bien!, buscándome la vida un poco, ya sabes. —Hizo una pausa dramática—. Bueno, mira, mal —acabó por confesar—. Con treinta y cinco años y sin el pack casa-coche-perro-hijos. —De repente, se puso a llorar desconsoladamente.

En ese momento toda la biblioteca se giró de nuevo.

Antes de que alguno de aquellos futuros *sugar daddies* nos lanzara uno de sus tochos de libro a la cabeza, les propuse que continuáramos hablando fuera, en las escaleras de la entrada. Entre una nube de tabaco y vapeadores, una parte de mí empatizaba con Amanda, así que intenté consolarla.

—No te preocupes, que estamos así el noventa por ciento de nuestra generación. No es tan malo, hay muchas maneras de ser feliz —le dije repitiendo la típica frase de autoayuda de Instagram.

Mi madre se nos quedó mirando. Pensé que iba a intervenir y que nos daría una de sus charlas catequísticas sobre lo que hacíamos mal y lo que deberíamos hacer para reconducir nuestras vidas. En lugar de todo eso, nos soltó:

—Pues a mí, la verdad es que me dais envidia. Ese maldito pack está sobrevalorado.

La miré, atónita, y reflexioné sobre sus palabras. Aquello era un giro de guion inesperado, nuestros papeles habituales se habían intercambiado.

—O sea que, si hubieras nacido en esta época, igual no te habrías casado con papá, y, por tanto, no hubieras tenido hijos. Es decir, ¡yo no existiría!

—Y si tú hubieras nacido en la Edad Media ya estarías muerta porque no había hospitales, y la neumonía que tuviste de pequeña te hubiera llevado por delante. Por favor, hija, ¿podrías dejar de ser tan dramática?

—Bueno, te recuerdo que el otro día, cuando hablamos de mi última ruptura, me dijiste que la soledad era muy dura —le reproché.

—No creo que lo dijera de esa manera —me rebatió.

—Pues a mí me llegó así.

—Tú es que eres de oído muy sensible, me parece a mí. Lo que quería que entendieras es que la vida es más fácil en pareja en términos de economía, apoyo emocional…

—Pero, mamá, que yo sola puedo ganar mi propio dinero y encontrar mi red de apoyo emocional en mis amigos.

—En lo de la economía tu madre tiene razón, Marimar —intervino Amanda.

—Di que sí, me voy a poner yo también a buscar un *sugar* de esos —añadí retando a mi madre.

—Mira, hija, de verdad, es que eres tan extrema. Te lo tomas todo como un ataque.

En ese mismo instante sonó el móvil de mi madre a trescientos decibelios. Casi me mata del susto.

Mientras ella hablaba por teléfono, yo me quedé en las escaleras y observé cómo Amanda se acercaba a pedir fuego a un chico que había salido a fumar. Al cabo de unos minutos, volvió.

—Tía, he conseguido el insta de ese buenorro. Lo malo es que me ha dicho que es camarero y que está aquí estudiando para el carnet de conducir. No lo veo hecho un millonetis en unos años...

—Vaya, qué mala suerte —lamenté con sarcasmo.

—Ya sé que no me garantiza un futuro, pero oye, un futuro-polvazo tal vez sí. Futuro-polvazo —me repitió gesticulando—. ¿Lo pillas?

—Sí, lo pillo. Pero es que así, sin más, Amanda, no sé... Vas muy a saco, ¿no? Es que yo no soy de acostarme con la peña así como así, entonces...

—O sea, ¿que eres una frígida?

—No, yo soy una guarra, pero clásica. Si no conozco bien a la otra persona, nada. Paso de que me traspasen las malas vibras por el...

—... coño —remató Amanda.

—Perdona, no he podido evitar escuchar lo que estabas diciendo. —Interrumpió la conversación el chico con el que había hablado Amanda. Me dijo—: Quería darte la enhorabuena porque tías como tú quedan pocas. Hoy en día es casi imposible encontrar una mujer que no haya estado con menos de diez tíos —continuó el monjito mirando a Amanda con cara de asco.

—Bueno, yo no he dicho que haya estado con menos de diez tíos —le informé.

—Yo lo cuatriplico —saltó Amanda entre risas.

—De lo que hablaba es de evitar follarnos a gente como tú.

—Bueno, bueno… Tranquila, fiera, que tampoco te he dicho nada tan grave —comentó mientras se alejaba.

—¡Es que soy de oído muy sensible y siempre estoy alerta!

—¡Ojalá no te reproduzcas, bebé! —zanjó la conversación Amanda mientras le daba un unfollow—. Creo que ha sido mi amistad de Instagram más corta.

Mi madre volvió en ese momento.

—¿Todo bien?

—Sí, aquí, controlando el ganado, Gelu —contestó Amanda—. Hay de todo en la viña del Señor, pa' que tú me entiendas —dijo en referencia a que mi madre era catequista.

—Bueno. Me ha llamado Fernanda, que necesita que la acerque al hospital de manera urgente para visitar a un amigo. Así que, Marimar, coge tú las cosas y te vuelves en autobús o a pie.

Si hay algo que yo odie más que el transporte público es andar, así que le pregunté a Amanda si podía acercarme. Ella accedió encantada. Recogimos las cosas y nos dirigimos al aparcamiento. Me quedé atónita al ver su coche.

—Pero ¿y este deportivo?

—Extorsionando a mi ex con un vídeo… digamos que

comprometido. A ver si se pensaba ese que se iba a ir de rositas —me explicó superseria.

Cuando hablaba en ese tono, no me quedaba claro si lo hacía en broma o en serio, pero, por si acaso, preferí no seguir preguntando.

Km 275

—Pues yo, si tuviera pasta, preferiría una autocaravana antes que un deportivo —comentó la policía discreta.

—Yo la perdería toda, porque seguro que mi madre me obligaría a donarla «voluntariamente» —bromeé.

—Si tuviera pasta, yo comprar avión privado y visitar a mi novio mucho —dijo el alemán con mirada triste.

—¿Has dicho novio? O sea, ¿que eres gay? —preguntó la policía discreta.

—Sí —afirmó con toda la naturalidad del mundo.

—Anda, nunca lo hubiera dicho. No tengo ningún problema, que conste que este coche es *gay-friendly* —aclaró la policía discreta.

—Las nuevas generaciones han cambiado mucho —añadí pensativa, con el tono de una persona de ciento veinte años—. Mira que yo soy milenial, pero se nota la diferencia. Hoy en día está mucho más normalizado ser gay, lesbiana o bisexual, por suerte. Cuando yo era pequeña era más difícil salir del armario. La sociedad no te lo ponía fácil.

5

Mientras iba con Amanda de camino a casa, mi madre me mandó un mensaje para comunicarme que se había llevado mis llaves sin querer y que mi padre no estaba allí. Las dos únicas personas que también tenían llaves eran mi hermana, que estaba en Barcelona, y Fernanda, con mi madre en el hospital, así que tuve que hacer tiempo. No me quedó más remedio que aceptar la propuesta de Amanda: nos pasamos por el centro comercial, para dar una vuelta y comer algo por allí.

En aquel lugar no había muchas tiendas y las luces creaban un ambiente bastante cutre, pero las gentes que lo transitaban tenían un aspecto impecable. Iban tan elegantes que, más que para ir de compras, parecía que se habían arreglado para una boda, un bautizo o una comunión.

—¡Es que en este pueblo todo es aparentar! ¡Mira que

la peña es hortera! Mucho ir dejando ese rastro de perfume del caro al pasar, pero luego ¡todos tienen las neveras vacías! —gritó Amanda.

—Tía, cállate, por favor, que te está oyendo todo el mundo —le supliqué.

Ella, lejos de hacerme caso, subió más aún el tono.

—¡Gente que se trabaja mucho por fuera, pero muy poco por dentro! ¡Estáis todos cargados de prejuicios y ciegos por las luchas políticas de un pasado que no os pertenece!

Yo me senté en un banco y fingí que no la conocía. Cuando se dio cuenta, vino hacia mí.

—¿Estás cansada?

—Sí, un poco —disimulé.

—Es que no me parece bien que la gente se crea mejor por tener más dinero.

—No sé, tía, a mí me da igual.

—Es que tener dinero no te hace más feliz y menos aún hablar de ello, exponerlo. Carta de presentación: tengo dinero. O lo que es peor: voy de que tengo dinero, pero en realidad no lo tengo. ¿Yo alguna vez te he hablado de lo que tengo o dejo de tener?

—Pues la verdad es que fue lo primero que me comentaste, que tenías la vida que todas querríamos al estar con el futbolista ese.

—Qué quisquillosa eres, a todo le sacas punta. Ahora entiendo a tu madre.

Por suerte, a Amanda empezó a pitarle una alarma del móvil como si no hubiera un mañana y se quedó mirando el teléfono. Yo aproveché ese momento y me acerqué hasta un puesto de gominolas a comprar un poco de azúcar para relajarme y evitar así un brote psicótico de aguantar tantas incongruencias. Me metí en la boca, de golpe, cinco fresas cubiertas de picapica.

Al darme la vuelta, tenía a Amanda pegada a mi lado. Volví al banco donde me había sentado antes, y ella, como si de una lapa se tratara, se sentó otra vez a mi lado.

—Ya, ya, ya. No me digas nada, ya lo dejo.

—Sí, sí… Mira, por mí como si quieres seguir con el móvil hasta que pueda volver a casa y así estamos más tranquilas —murmuré.

—¿Qué?

—Nada.

—Nada, este tío, que me ha hecho un *ghosting* guapo.

—¿Y quién es?

—Pues nada, uno de estos de Bumble, que le he dicho que estaba con una amiga por el centro comercial, porque en la descripción del perfil ponía que trabaja por aquí, y me ha soltado una parrafada de que no es mi novio y que solo nos habíamos dado cuatro besos… Como si hubiera venido por él. Y mira, sí, he venido por él, pero eso no significa que quiera que sea mi novio. Fin, se acabó. ¿Ves como también me gustan los pobres? No soy tan interesada.

—Te lo dices tú todo, amiga.

—Ay, qué mona. ¿Me consideras tu amiga?

—Era solo una forma de hablar... —No me dejó acabar la frase y se lanzó encima de mí para darme un abrazo—. Da igual —dije mientras intentaba coger aire.

—Bershka —dijo mirando a la tienda que teníamos enfrente, al dar por terminado el achuchón—. Qué casualidad que estemos sentadas aquí, justo en frente, ¿verdad? Qué cosas tiene el destino. Yo te la enseñé, ¿te acuerdas? En aquella excursión que hicimos de pequeñas, cuando nos tocó compartir la habitación y volvimos a unirnos. ¡Como ahora! —pegó un gritito.

Estábamos en sexto de primaria, más o menos, fuimos con el colegio a la nieve y nos tocó dormir juntas.

Mientras yo colocaba mis bragas blancas con lacitos de diferentes colores y del tamaño de un pañal en mi cajón, me quedé como hipnotizada al observar los tangas de hilo que Amanda guardaba en el suyo.

—¿Qué miras? —me soltó. Mascaba chicle y hacía un ruido insoportable.

—Nada —le contesté, avergonzada.

—¿Nunca has visto un tanga en tu vida o qué?

—Sí —le respondí sin pensar. Al momento, me arrepentí—: O sea, no, eso no es para nuestra edad —balbuceé.

—Sin más —dijo—. Si quieres, te presto uno para que lo pruebes. Toma, que tengo dos iguales. —Me lanzó un tanga que acabó encima de mi pelo, enredado entre mis rizos—. Lo robé el otro día en el Bershka, así que me da igual.

En ese momento, Cristian, su novio, entró por la puerta. Era un repetidor con pinta de malote. Siempre llevaba la camiseta manchada de aceite de hacer arreglos en su minimoto, playeras todomuelles y tres pelos en la barba que lo convertían en el niño más atractivo de toda la primaria.

Entró y se escondió detrás de la puerta, que dejó entreabierta porque teníamos prohibido tener las habitaciones cerradas.

—¿Qué haces con eso en la cabeza, friki? —soltó mirándome con aires de superioridad.

—Déjala en paz —le contestó Amanda.

Supuse que aquella defensa tenía que ver con que en su día habíamos sido «mejores amigas». Antes de que sus padres se divorciaran, éramos vecinas de urbanización. Después de aquello, se mudó y acabó por convertirse en la niña más popular del curso; yo seguí siendo la reprimida hija de la catequista.

—¿Qué haces aquí? Te van a pillar —le advirtió Amanda con una risa nerviosa.

Él sacó una chustilla y un mechero, que llevaba escondidos debajo de la gorra. Amanda lo cogió del brazo con picardía y lo arrastró hasta el baño. Antes de cerrar la puerta, me ordenó que hiciera guardia por si venía alguien. Yo me quedé petrificada; vigilaba y rezaba por que no pasara ningún profesor en ese momento.

—¡Ey!

—¡Aaah! —grité, asustada.

—Que soy yo.

Era Rafael. Un niño que acababa de llegar al pueblo desde la República Dominicana y que se pasaba todas las tardes en mi casa. Mi madre les ayudaba, a él y a su familia, a empezar una nueva vida. Llevaba unas gafas de pasta y un parche en el ojo izquierdo. A mi madre le caía genial. Decía que tenía mucho salero, pero a mí me resultaba especialmente pesado y cargante.

—Joder, Rafael, qué susto.

—Si te oye tu madre decir ese taco, te mata, Marimar.

—¡Vete, pesao! —le contesté antes de que pudiera oler la marihuana u oír algún ruido procedente del baño.

—¿Estás sola? —dijo mirando al interior de la habitación—. Te ha tocado con Amanda, ¿verdad? ¿Es tan guapa de cerca?

Entonces, se abrió de golpe la puerta del baño y salió Cristian. Me tranquilizó ver que no parecía haber oído las ridículas palabras de Rafa.

—Que a Amanda le ha dado un amarillo, haz algo.

Cristian perdió de repente todo su atractivo al salir corriendo como una sucia rata y dejarme la responsabilidad de cuidar a Amanda, sin que yo ni siquiera supiese lo que era un «amarillo».

Le pedí a Rafa que me sustituyera en el puesto de vigilancia y entré en el baño. Había tal nube de humo que, por un momento, me pareció que estaba saliendo al plató de *Menudas estrellas*. Abrí el ventanuco que había encima del retrete, para que el humo se disipara, y, por fin, pude distinguir con claridad la cara de Amanda, que estaba sentada en el suelo.

—¿Estás bien? Pero ¿por qué no habéis abierto la ventana?

—Porque Cristian quería hacer un submarino —balbuceó.

—¡Agua, agua! —empezó a gritar Rafael desde la puerta. Yo me puse nerviosa y actué lo más rápido que pude. Abrí la puerta, metí a Rafael en el cuarto de baño tirando de su camiseta y abrí el grifo de la ducha para que corriera el agua.

—¿Hola? —Se oyó la voz de un profesor desde la puerta.

—¡Me estoy duchando! —contesté con una seguridad impropia de mí.

—¿Ahora?

—Es que me ha venido la regla —contesté inmolándome, atemorizada ya por las consecuencias que tendría que hubiera dicho aquello en voz alta.

Por aquel entonces, la información que teníamos sobre la regla era prácticamente nula, y tampoco disponíamos de internet. En el colegio, se había hablado algo del tema en la asignatura de Naturales, pero nunca pasamos del término «cigoto». Por otro lado, en casa, la información tampoco era mucho mejor. Un día, mi madre hizo el intento de explicarnos el asunto mediante un dibujo, pero lo único que consiguió fue volverlo todo más confuso y que pensáramos que encima del coño, en vez de un útero, teníamos la cabeza de una cabra.

—Vale, quedamos en diez minutos en la zona de la recepción con las raquetas en la mano —contestó el profesor mostrando su incomodidad.

Dejamos pasar unos tres minutos y Rafael salió primero para ir yendo hacia las barbacoas. Al cabo de un rato de esperar a que se recuperara de su amarillo, Amanda se me quedó mirando y me dijo: «Has sido muy valiente». Después me besó y yo, sin pensarlo, correspondí.

En ese momento, Rafael apareció de nuevo para coger

el jersey que se había dejado olvidado encima del lavabo y nos vio.

Todos somos iguales en la viña del Señor, digan lo que digan. Nunca más volvimos a hablar del tema. Aquello fue nuestro secreto.

Entramos en el Bershka y Amanda se puso a mirar ropa. Yo paseaba a su lado.

—A mí me siguen gustando, ¿a ti no? —me preguntó.

—¿El qué?

—Las chicas.

—Sí, pero tú no.

Ella soltó una de sus escandalosas carcajadas y continuó hablando:

—Me gusta tu sinceridad, ojalá fueran así los hombres.

—Aunque la verdad es que aún no he tenido nada serio con ninguna chica.

—Yo sí, pero ella también tenía novio.

—Tú la cuestión es complicarte —dije.

—No elegimos de quién nos enamoramos.

—Supongo que en ocasiones es inevitable. Por ejemplo, en el colegio todas estábamos enamoradas de Cristian cuando tú estabas con él.

—¿Sí? ¿Más que de mí?

—Qué pesada eres, Amanda.

—¿Y Bershka?

—Bershka ¿qué?

—Que si Bershka te sigue gustando.

—La verdad es que, gracias a ti, acabó siendo mi tienda favorita. Incluso fue mi primera contraseña de Messenger. Hasta entonces vestía rollo oversize, con ropa heredada de mi primo mayor. Y bueno, ahora, la verdad es que he vuelto al oversize, rollo ochentero, tiendas de segunda mano...

—Ah, eso lo hacéis en Madrid las modernas ecologistas, ¿no?

—Las modernas ecologistas y las modernas sin un duro —le aclaré.

Me entretuve mirando a una niña de unos tres años que se escondía detrás de la cortina de un probador.

—¿Qué miras? —me preguntó Amanda.

—A esa niña. Mira qué graciosa.

Le saqué la lengua y la cría empezó a reírse. Amanda, intentando seguirme el rollo, se puso a imitar a un gato e hizo un gesto como si tuviera garras, lo que provocó que la niña se pusiera a hacer pucheros. Me acerqué para tranquilizarla y, de repente, echó a correr fuera de la tienda, llorando como una desquiciada. La perseguí, porque no quería que se extraviara por mi culpa, pero no conseguí alcanzarla: se movía como una anguila diminuta entre la gente. Llegó un momento en el que la perdí de vista. Empezaba a ponerme nerviosa, cuando se me acercó la típica señora cotilla. Me explicó que creía haber visto que el guarda de seguridad se llevaba a la niña, que seguramente estaría en la sala de objetos perdidos y que lo normal era que lo comunicaran por megafonía, como ya había ocurrido otras veces. Luego se puso a contarme que ella también se perdió una vez. Yo empecé a hiperventilar, porque intentaba gestionar si me producía menos sentimiento de culpa dejar a la señora hablando sola o a la niña en la sala de objetos perdidos. Finalmente decidí salir corriendo a por la niña. Al llegar, me la encontré con una piruleta en la mano, sentada tan tranquila en una silla.

—¡Esa niña es mía! —exclamé mientras recuperaba el aire.

La pequeña, al verme, lloró de nuevo. Intentó resistirse, pero la cogí en brazos para calmarla.

—No se preocupe, hemos cuidado de su hija, señora. Justo ahora íbamos a dar el aviso por megafonía —me dijo el guarda de seguridad.

—¿Cómo que «señora»? —le contesté.

—Un momento, ¿no es su hija?

—No, no es mi ¡hijaaaaaa! —acabé la frase a voz en grito, ya que la niña había decidido clavar su dentadura completa en mi brazo.

De repente, la verdadera madre llegó corriendo, me arrancó a la niña de los brazos y se la llevó en volandas.

—Quiere comerme, ¡es mala! —le dijo entre lloros la niña a su madre.

—Disculpe, señora, no pretendía asustar a su hija —le expliqué.

—¿Cómo que «señora»? Solo tengo treinta años —exclamó. Se dio la vuelta y se fue. Me quedé mirando al infinito y reflexioné: ¿acaso el mero contacto con los niños te consume años de vida en un instante?

En ese momento, llegó otro guarda de seguridad con Amanda detenida.

—Pero ¿qué...?

—La hemos pillado robando en el Bershka.

—Vale, yo me encargo.

—Amanda, pero ¿qué haces?

—Ahora lo entenderás.

—¿Y esta quién es? —me preguntó el guarda de seguridad.

—Yo soy lo que quieras que sea, guapo —saltó Amanda.

—Un momento, ¿eres la chica de Bumble?

—Pues sí.

El guarda se quedó pálido y entró un momento en una sala que tenía detrás de su asiento.

—Por mis narices que iba a hablar con este tío en persona, sí o sí. Ahora sígueme el rollo y hazte la sexy, que no quiero que me lleven a un calabozo —me susurró.

—Es que no me parece una buena estrategia. Creo que has visto demasiadas películas porno, joder.

El guardia de seguridad volvió a aparecer con unos papeles en la mano. Amanda me miró tratando de presionarme para que interviniera.

—¿Qué-qué-qué le dices entonces, guapo?

Al guarda empezaron a sudarle las manos a chorro. Le dio a Amanda unos papeles en los que se confirmaba que todo había sido un malentendido.

—Yo solo dije que no quería una novia, pero si me ofrecéis algo así… —dijo el guarda, nervioso.

—Para eso, primero tendría que conocerte un poco más —respondió Amanda, que dejó de actuar sexy y firmó los papeles como si nada.

—No hay mayor venganza que dejarlos con las ganas —dijo orgullosa mientras caminábamos de vuelta hacia el coche.

Km 250

—Entonces ¿las pruebas físicas de la policía no las re-
petís nunca más a lo largo de vuestra vida laboral?

—Nunca más. ¿No ves por la calle a policías que están
en superbaja forma? Y lo mismo pasa con los bomberos.
Hay quien se queja de que las mujeres lo tienen más fácil
en las pruebas físicas para entrar en el cuerpo. Dicen que
luego no estarán preparadas para responder de manera
efectiva, pero en realidad los que no están preparados son
los que llevan quince años en el trabajo y no han pisado un
gimnasio desde que entraron.

6

Era domingo y, mientras mi madre acompañaba de nuevo al hospital a la abuelatiktoker, cuyo amigo al parecer estaba en las últimas, mi padre jugaba un torneo de perros y golf con Aceituna. Era el primer día que, desde mi llegada, podría haber dormido toda la mañana sin que absolutamente nadie me molestara, pero yo solita decidí que no fuera así. No sé si tuvo que ver con que me encontraba en alguna fase del ciclo menstrual en la que mis hormonas hicieron que me viniera arriba o con que por fin había conseguido ir al baño después de una semana de estreñimiento, pero me animé a salir a correr. Cuando llevaba unos quince minutos trotando por la carretera, pasé junto a un precioso bosque de secuoyas gigantes que reconocí porque mi madre siempre nos llevaba allí de pequeñas. Tenía un cierto atractivo ver a las musculocas resoplando como miuras en el gimnasio, pero hacer deporte con aquellas vistas era insuperable. Me metí bosque a través. En mis cascos, como banda sonora del día uno de mi nueva vida saludable, sonaba en bucle un solo temazo: *¿A quién le importa?*, de Alaska. Lo cierto es que yo no soy de listas de reproducción, sino más bien de obsesionarme con una canción y escucharla sin parar hasta quemarla, algo parecido a lo que me sucede con los *crushes*.

No me esperaba, sin embargo, que empezara a ver unas nubecillas blancas que me nublaron la vista hasta marearme, así que me tumbé en el suelo unos segundos para recuperarme. Me quedé un rato con los brazos y las piernas abiertos, como una estrella de mar, sintiendo las gotas de sudor frío que me caían por la frente. La voz de Alaska se escuchaba cada vez más y más lejos...

«¿Huele a pizza? ¡Mmm...! Cómo me gusta la pizza, con mucho queso fundido y trozos de pepperoni por encima. Y eso que se oye de fondo es... ¿una chimenea? Me encanta ese sonido de las llamas y las ramitas que se queman. Aunque esta cama está un poco dura...».

—Corazón, ¿me oyes? —Una voz se colaba en mis pensamientos.

—Chocho, bebe un poquito de agua con azúcar. —Escuché otra voz, esta vez un poco más dulce.

—¿Qué? —susurré mientras intentaba abrir los ojos.

—Tranquila, te hemos encontrado desmayada, allá en el prao, cuando dábamos nuestro paseo matutino. —Volví a escuchar la voz más dulce.

En ese mismo instante recuperé la consciencia y me incorporé, asustada, para descubrir que me encontraba sobre lo que parecía ser una mesa de billar que hacía las veces de cama, con un cojín y una manta. Miré a mi alrededor y descubrí un garito extraño, que mezclaba la estética country con algunos pósters de *Shrek* colgados de las paredes y unas muñecas Barbie sentadas en la repisa de las ventanas. La mitad del espacio lo ocupaban cinco mesas con manteles de cuadros rojos y blancos y servilleteros en los que se podía leer BAR-KARAOKE-PIZZERÍA, sobre fondo blanco, junto a la palabra HOSTAL anotada con boli. Al fondo, en una pequeña barra destacaba un grifo de cerveza recubierto por completo de brillantitos plateados.

A mi lado, me observaban con cara de preocupación un hombre vestido de *cowboy*, que lucía sombra de ojos con purpurina morada, y una mujer barbuda de unos dos metros con traje de sevillana y lágrimas en los ojos.

Yo aún seguía algo aturdida, pero pude pronunciar dos palabras:

—Me encantáis.

Siempre me ha gustado la gente que se sale de la norma establecida, pero aquello superaba mis expectativas. Me fascinaba aquel oasis a tan solo media hora del conservadurismo de mi pueblo.

A la mujer barbuda le dio un ataque de risa.

—¡Gracias a Dios! —exclamó.

—Te dije que solo se trataba de un mareo y tú queriendo llamar a la ambulancia. Es que eres una dramática, Rosi —le dijo el hombre.

—Bueno, y yo qué sé, Pipín. Es mejor prevenir que curar.

—Sí, tranquilos —contesté yo—, no he desayunado y me ha debido de dar un bajón de azúcar. También me pasa cuando me pongo nerviosa. Bueno, ¿dónde estamos y quiénes sois? —les pregunté sonriente.

—Cariño, estás en El Bosque de los Pichulis: aquí todo hombre, mujer o sireno es bienvenido —bromeó—. Y este es el Bar-Karaoke-Pizzería-Hostal Pichuli, que le dio la fama. Te estarás preguntando cómo empezó todo.

El hombre la interrumpió:

—Hostal, no. Nunca hemos alojado a nadie, Rosi.

—Pero lo haremos en cuanto nos organicemos un poco.

—Llevamos diez años diciendo lo mismo, pero al final

tenemos toda la zona de las habitaciones hecha un desastre y sin utilizar.

—Ay, mira, ahora no es momento de discutir, Pipín.

La mujer barbuda dio un paso adelante y comenzó a contarme la historia en tono fantasioso, como si estuviera representando una obra de teatro para niños. El hombre, aún algo enfurruñado, acompañaba a la mujer con mímica, como si ya lo hubiera hecho muchas otras veces.

—Yo tenía un padre con mucho mucho dinero. Un día llegó un hombre y le propuso un negocio en su local del bosque de las secuoyas, pero, al darse cuenta de la pluma que tenía, rechazó de pleno la propuesta y empezó a burlarse de él. Yo estaba en mi habitación, justo al lado de su despacho, y pude escucharlo todo. Me dio tanta rabia que exploté. Le convencí para que cambiara de opinión amenazándolo con que perdería para siempre a la única hija que tenía. Mi padre se quedó paralizado y me miró completamente anonadado, porque era la primera vez que me refería a mí misma en género femenino. Al final decidió llamar a aquel hombre y le dijo que había cambiado de opinión, aunque le puso una condición, que me contratara para trabajar en el local. Me echó de casa y acabé aquí. Murió un par de días más tarde. —Rosi hizo una pausa dramática mientras miraba con tristeza al infinito. Retomó su discurso en un tono más acelerado y natural—: Perdí a mi padre, pero gané a Pipín. El negocio lleva ya diez años abierto y tiene mucho éxito.

De repente, empezó a sonar una alarma.

—¡Ay! La alarma de la misa de doce —exclamó Rosi.

Yo, que estaba en una especie de nube, aún fascinada con la historia, bajé a la realidad de golpe.

—¿De doce? Pero ¿cuántas horas he perdido el conocimiento?

—Unas cuantas, hija. Aunque yo creo que más bien estabas dormida, porque roncabas un poquito —me contestó Pipín mientras se agachaba y desenchufaba mi móvil de un cargador con cable led que parpadeaba.

—Has tenido suerte, la pantalla no sufrió ningún golpe con la caída. Te lo pusimos a cargar un poquito, porque estaba sin batería.

Me dieron cada uno un beso en la frente y caminaron hacia la puerta de salida mientras discutían.

—Por un domingo que faltemos a misa tampoco pasa nada. El Niño Jesús nos lo perdona.

—¿Qué tendrá que ver el Niño Jesús en todo esto? De verdad, Pipín, ¿quieres dejar de decir tonterías?

Yo encendí mi móvil y también salí, porque dentro no había cobertura. En el grupo de la familia, mi madre había escrito que ella comía fuera con Fernanda y que mi padre lo haría en el torneo. Por otro lado, tenía una parrafada de

Amanda que ocupaba más espacio que cuando dejas a un novio por WhatsApp. Me contaba que se había filtrado la noticia de que un cantante famoso estaba de vacaciones en nuestro pueblo.

Entonces, me dijo Pipín:

—¿Quieres venir con nosotros?

—Pues mira, sí, me voy a dejar fluir —contesté.

En lugar de ir a la iglesia, entramos otra vez los tres en el bar y Pipín cogió una radio que había apoyada encima de la barra. Avanzamos por un pasillo de madera hasta llegar a una habitación que parecía una sala de reuniones. En el centro había un par de sillas verdes de instituto orientadas hacia una especie de altar, construido con palés y cubierto con una sábana blanca, sobre el cual Pipín dejó la radio. En la pared, sustituyendo al habitual Jesucristo en la cruz, colgaba un Niño Jesús de fabricación casera. La cabeza era una pelota de ping-pong con una carita sonriente dibujada con rotulador; el cuerpecillo estaba hecho con el tubo de un rollo de papel higiénico.

Rosi abrió una silla plegable para que yo también pudiera sentarme.

—¡Os habéis montado vuestra propia capilla en casa! —comenté sorprendida.

Pipín afirmó con la cabeza. Llenó con vino tinto una copa dorada de plástico para comulgar cuando llegara el momento y encendió la radio. Unos cánticos gregorianos sonaron a todo volumen.

—Pipín, estás medio sordo, bájalo un poco —dijo Rosi en tono de susurro gritado.

—Ha sido sin querer —contestó mientras la bajaba y aprovechaba para dar un sorbito a la copa de vino.

—Pero, Pipín, ¿te quieres sentar de una vez, leñe?

Rosi hablaba a Pipín como si fuera un niño pequeño, y él parecía aceptar ese rol. No acababa de quedarme claro el tipo de relación que mantenían. Los cantos gregorianos terminaron y el cura virtual empezó con el sermón.

«Estamos aquí reunidos…».

Yo jamás había prestado atención en misa, porque era como si mi cerebro se desconectara automáticamente, y aquel día no fue una excepción. Me di cuenta de que Pipín y Rosi tampoco lo hacían.

—Esta parte de la misa es en la que no hay que atender. Nos dijo la Gelu que a lo de la culpa no le hiciéramos caso, ¿no?

—Mira, Rosi, vamos a dejarlo. Si es que esta misa improvisada es una tontería…, tendríamos que haber ido a la misa de verdad.

—Es mejor que no vayamos a la iglesia sin la Gelu, que ya sabes cómo son algunos vecinos.

En ese momento me quedé en shock. Empecé a atar cabos. El bosque de las secuoyas al que siempre nos llevaba mi madre de pequeñas, el Niño Jesús que parecía sacado de un taller de manualidades, el *acting* teatral...

—¡Vosotros sois miembros del grupo cristiano de actividades que lleva mi madre!

—¿Que la Gelu es tu madre? ¡Ay, la Virgen! ¡Es verdad que sois iguales! —dijo Rosi.

—¡Dios nos cría y nosotros nos juntamos! —se alegró Pipín.

—Pero mi madre no es como nosotros. No, no, no lo entiendo... O sea, me refiero a que... no es mala persona, pero... ese grupo de la iglesia que dirige son como... retrógrados, homófobos, clasistas, machistas...

—Ay, chocho, me he perdido con tanta definición.

—Nuestro grupo, no. La Gelu es una moderna, no como el cura.

—Pero si yo pensaba que era su mano derecha.

—También, es como que le ayuda, pero ella va a su bola. Aunque no es tan radical como la señora mayor, esa vecina suya.

—¿Fernanda?

—Sí, sí, esa. Que hoy están en el hospital. La Fernanda dice que es el caballo de Troya del grupo. Dice que viene a las actividades porque le parecen divertidas, pero que en los ratos libres aprovecha para reconvertirnos sin que nos demos cuenta. Cada vez que rezamos alguna oración o algo, se va a fumar o intenta distraernos.

—Somos un circo, vaya. Parecemos el Congreso de los Diputados —aclaró Pipín.

Km 225

—Entonces ¿tu madre ser más moderna de lo que tú pensar? —preguntó el alemán, impactado.

—Fuera de casa, al parecer, sí. Pero conmigo no mostraba esa cara.

—Quizá intentaba sobreprotegerte. Aunque la sobreprotección es siempre un error, porque crea una dependencia en los demás y los hace más débiles —dijo la policía discreta.

—Encima, cuando no tienes hijos parece que da igual la edad que tengas —añadí—. Para tus padres siempre vas a ser una cría, aunque tengas cincuenta. Es el efecto nietijo: tus padres pasan a ser tus abuelos, o algo así.

7

Llevaba un par de días fingiendo que estaba mala en la cama. Me vi algunas series que tenía pendientes e hice búsquedas en Google del tipo «Cómo conseguir que tu madre te trate como una persona adulta». Aún no le había comentado mi visita a El Bosque de los Pichulis. Había decidido esperar a que fuera ella quien en algún momento me revelara su verdadera personalidad.

—¡Marimar! —oí que gritaba mi madre.

Cerré el portátil de golpe, para que no pudiera descubrirme.

—¿Qué?

—¿No tenías hoy terapia online?

Me había vuelto a olvidar. Pero no pensaba reconocerlo en voz alta, así que decidí inventarme algo.

—Hoy tampoco tengo sesión, la terapeuta está enferma.

Lo había ido aplazando desde que llegué de Madrid. Podía ser que estuviera poniendo excusas, o que la parte de mí que parecía llevar el timón en los últimos tiempos hubiera convencido al resto de que estábamos más cómodas en modo crucero, sin navegar en las profundidades.

—Es que tengo ahora el funeral de Genaro y necesito el coche —me comentó porque, en otras ocasiones, yo lo había utilizado como el lugar donde conectarme a la consulta online sin que nadie me molestara.

—¿El amigo de Fernanda?

—Sí, ciento un años tenía.

—Vaya, ya lo siento.

—Gracias, aunque en estos casos también se podría dar la enhorabuena. Ciento un años, yo los firmaba. Has vivido más que la inmensa mayoría de la población. Aunque, por otro lado, dolores, dependencia, van desapareciendo los recuerdos… Igual tampoco me importaría quitarme de en medio una década antes.

—Pues a mí me gustaría durar doscientos años, si fuera posible. Aunque solo fuera para que me llevaran de paseo en una silla de ruedas a observar el mundo. Sería como volver a ser un bebé.

El timbre sonó y cortó nuestra conversación.

—Baja a abrir tú. Me voy a meter en la ducha, que no me da tiempo.

Bajé las escaleras en pijama, con una sensación de revoltijo en el cuerpo por tener que enfrentarme a una situación de este tipo. Desde muy pequeña, no me gusta hablar de la muerte. Me genera un malestar terrible y prefiero fingir que nunca va a pasar o que efectivamente me quedan por delante más de cien años.

Al abrir la puerta me encontré a Fernanda vestida de negro, con un gorro de tela de rejilla que le cubría medio rostro.

—Que se ha muerto Genaro, niña. ¡Ay, mi Genaro! —lamentó con una sonrisa rota, mientras le daba una calada a un cigarro con una boquilla negra.

—Te acompaño en el sentimiento, Fernanda.

—Mira que he tenido amantes, ¿eh, niña? Pero como él, ninguno. Pasaban los años y ahí seguíamos, ¡taca-taca-taca! —dijo haciendo referencia al sexo.

—Lo… lo siento.

—Y luego, que la tenía grandísima. Mira que a mí no me suelen gustar tan grandes, porque, si te mueves con demasiada brusquedad, duelen. Pero ¿tú sabes lo bonita que era a la vista? —Suspiró.

Yo me quedé clavada intentando asimilar aquella información. Se me hacía demasiado raro oír a una señora tan mayor hablar de penes, pero me animé a contestar con la mayor naturalidad posible:

—¡Benditos sean los penes grandes!

Justo en ese momento, apareció mi madre y, mientras se acercaba para abrazar a Fernanda, me dirigió una de esas miradas que te atraviesan como un cuchillo.

—¿Nos llevas? —Cambió de tema—. Para aparcar va a estar imposible, siempre pasa lo mismo en ese tanatorio. En vez de un aparcamiento, ponen un McDonald's, es que es increíble. Ya nos podía haber tocado el otro.

—¿No es el único del pueblo?

—No, hay otro, pero este es el que entraba en el seguro —comentó Fernanda, que al parecer se había encargado del papeleo de la muerte de su «amigo».

—Ah, no tenía ni idea de que había seguros para estas cosas.

—Sí, hija, vas pagando una cuota para que tu muerte no les cueste nada a los que dejas en tierra.

—Pero ¿cuánto puede costar algo así?

—Marimar, ¿te das cuenta de que no es el tipo de pregunta más adecuada en este momento?

—Cinco mil euros pagó una vecina a la que se le suicidó el marido.

—¿Cinco mil le costó a Loli? —preguntó mi madre.

—Mamá, por favor… —respondí con ironía.

—Y luego está lo de enterrarlos con joyas o sin joyas —continuó Fernanda—. A mí, me enterráis sin nada, desnuda, me da igual. Las joyas están para lucirlas por la calle. Gelu, te lo advierto, te dejo de responsable.

—Bueno, mujer, con alguna cosa te enterraremos.

—¡Na-da! ¡Ni que fuera Cleopatra! Si yo ya no voy a estar ahí.

—¿No crees que haya vida después de la muerte? —pregunté.

—Creo que a veces no hay vida ni antes de la muerte.

—Bueeeno… ¡qué dramática, por Dios! —exclamó mi madre.

—Según tu madre, lo que hay es el cielo. Sales de esta vida y te dan una piruleta en la primera nube a la izquierda. ¿No dice eso la Biblia, señora catequista?

—Es una metáfora, Fernanda.

Llegamos a la entrada del tanatorio y encontramos un sitio libre justo en la puerta.

—¡Qué suerte hemos tenido! —dije mientras aparcaba.

—¡Gracias a Dios, a nuestro señor Jesusuco y a la Virgen y al Espíritu Santo! —continuó vacilando Fernanda.

—La verdad es que hay mucha gente. ¿Quién era este señor? ¿Era muy importante? —pregunté con curiosidad.

—Un hijoputa con mucho dinero.

—Del cual estabas completamente enamorada —añadió mi madre.

Fernanda reflexionó unos segundos, con la mirada fija en la puerta, y dijo:

—Lo cierto es que ni los buenos son tan buenos ni los malos son tan malos.

Vimos que salía del tanatorio una señora muy parecida a Fernanda, pero en versión rubia y con un traje blanco.

—Pero ¿qué hace ese zorrón aquí? —La abuela tiktoker salió escopetada y mi madre tras ella, mientras yo permanecía en el interior del coche.

Tomé esa decisión porque, cuando veía a los demás sufrir, reaccionaba aleatoriamente de una de estas dos formas: o entraba en un bucle de querer consolar a la gente hasta el extremo y me comportaba como el bufón de la corte, o me daba por la lágrima fácil como buena dramática con episodios de vulnerabilidad extrema que superaban el sufrimiento de las verdaderas víctimas. Así que decidí quedarme en el coche a esperar.

El móvil de mi madre se puso a vibrar. Era Rosa Pichuli, así que decidí contestar:

—Rosi, soy Marimar.

—¡Marimar! ¿Qué tal estás, chochuco? ¿Has desayunado?

—Sí, sí, hoy no me apetecía desmayarme.

—Pásame a la Gelu, cariño, que tengo que hablar con ella para concretar algunos detalles sobre el funeral. Que estamos aquí, en la iglesia, organizando.

—Dame un minuto.

Con el corazón a punto de salírseme por la boca, me dirigí resignada hacia la entrada del tanatorio con un objetivo claro: darle el móvil a mi madre y salir corriendo de allí sin llamar la atención. Nada más entrar, me encontré un recinto enorme lleno de gente. Parecía ser el lugar común que daba paso a cada una de las salas de velatorio. Me fue fácil localizar dónde tenía que ir: bastaba con seguir la voz de Fernanda, que discutía a gritos con la mujer de blanco.

—¡Que la amante era yo! ¡Tú eras la novia! —le decía la mujer a Fernanda.

—¡Que yo no soy de novios! ¡A ti! ¡Te era infiel a ti!

Ellas discutían porque ninguna de las dos quería ser la engañada. Ninguna quería asumir que aquel hombre les había sido infiel a ambas.

Sonaba al típico «he suspendido porque no he estudiado», cuando en realidad sí que habías estudiado pero no estabas preparada para asumir el fracaso. Porque estudiar y suspender era como reconocer que eras tonta.

—Ciento un años dan para mucho. —No pude evitar decirlo en voz alta, para que el ambiente se calmara. Todo el mundo empezó a reírse y, una vez más, me convertí en el bufón que había llegado para liberar a la gente del drama; no podía evitarlo. Mi madre apareció justo a tiempo para contemplar el espectáculo.

—Te lo puedo expli…

No me dejó terminar. Al ver que tenía su móvil con una llamada abierta, lo agarró y contestó directamente.

Fernanda me cogió por banda y me pidió que la acompañara al interior de la sala. Yo estaba tan acongojada con todo lo que estaba pasando que le seguí el rollo.

—Han dejado el ataúd abierto, mira qué guapo está.

Yo cerré los ojos inmediatamente.

—Fernanda, sácame de aquí. No quiero mirar. —Empecé a hiperventilar—. Que yo nunca he visto un muerto y, como vea uno, seguro que voy a estar años soñando con su cara. Lo veré en todos los espejos, al final de cada pasillo…

—Pues espera aquí, hija —me cortó.

—¡No! ¡No me dejes sola!

Me quedé en el centro de la sala, con las patucas temblando, desorientada y con el cuello más rígido que el muerto.

—Pero ¿ahora qué haces aquí en medio con los ojos cerrados? ¿Estás tonta o qué, hija? —reconocí la voz de mi madre.

—¡Pues porque estoy en plena crisis! ¡Sácame de aquí, llévame al baño!

Me aferré a su brazo mientras iba dando dobles pasos laterales de gimnasia rítmica para intentar mantener la máxima estabilidad posible.

—La pobre, está muy afectada. —Se compadecía la gente al verme pasar.

Conseguí aguantarme de milagro y llegué al baño sin irme por la patilla, a causa del miedo.

—Quédate aquí, que tengo el estómago muy revuelto y voy a hacer mucho ruido. ¡Me da vergüenza que entre alguien!

Mi madre aceptó y se quedó en la puerta, pero no se pudo contener y acabó por reñirme:

—¿Me puedes explicar qué estás haciendo, Marimar?

—¿Me puedes dejar tú cagar tranquila? —Resonó mi voz en el interior del baño.

En ese momento, oí la voz de Rosi:

—Pero ¿qué le pasa a la Marimar? ¿Se ha vuelto a desmayar?

—¿Cómo que a desmayar? ¿Pero tú conoces a mi hija?

—Sí, del otro día, que estuvo por El Bosque de los Pichulis. Nos la encontramos en el suelo.

—¿Qué te he dicho de hacer deporte sin desayunar, Marimar? —aprovechó mi madre para seguir descargando su ira sobre mí.

—¡Lo leí en una revista! —dije mientras me esforzaba por sobrevivir a mi diarrea.

—¡Una revista no es un entrenador personal que te haya valorado y te haya recomendado eso, Marimar!

Cuando salí por fin del baño, descubrí para mi sorpresa que se había formado una cola de unas diez personas. Por sus caras, se habían enterado de todo. Le di un beso a Rosi y corrí hacia la salida mientras gritaba:

—¡Os recomiendo que tardéis unos diez minutos en entrar!

Después del tanatorio, nos trasladamos a la iglesia. Rosi se adelantó para acabar de ayudar en el funeral con Pipín, que ya estaba dentro. El resto de la gente aún no había llegado, y yo me quedé fuera con mi madre tomando un poco el aire.

—Mira, Marimar, yo entiendo que estás atravesando una fase de muchos cambios y que todo va muy rápido, pero creo que ya ha llegado el momento de que vuelvas seriamente a terapia. Si no, vamos a acabar las dos como un grillo.

—Yo solo quiero que me trates como al resto de las personas, como a una adulta —dije y empecé a llorar.

—Igual la que tiene que creérselo eres tú misma, y luego ya podremos tratarte como tal los demás. Ahora, de momento, me vas a hacer de monaguilla en el funeral. Venga, que la gente va a llegar de un momento a otro, ¡pa' dentro!

Km 200

—¿Alguna vez habéis ido al psicólogo?

—Sí, yo ser Capricornio —respondió el alemán.

—Psicólogo, no astrólogo —aclaré.

—De todos modos, lo de qué signo eres se sabe por la fecha de nacimiento, ¿no? No hace falta que te lo confirme nadie —preguntó la policía.

—Es que hay sitios en los que te dicen lo del ascendente, dónde tienes la Luna y todo eso. Es un mundo.

—Yo lo que me fumo son unos porros como pinos. Esos sí que me llevan a la luna —confesó la policía discreta.

—Bueno, cada uno tiene sus métodos para salir de los entresijos de la propia mente. Supongo que hay caminos menos arriesgados que otros, y prácticamente igual de caros —comenté.

8

Me cité al día siguiente con la psicóloga para una sesión online urgente, a primera hora, antes de ir con mi madre a la biblioteca. Buscando intimidad, me acerqué con el coche a una pequeña playa cercana, una de esas que en invierno están desiertas. Para mí, las playas del norte son las más bonitas de España. Mar y montaña, tan salvajes, belleza infinita. El problema, o la ventaja que espanta al turismo, es el tiempo.

A lo lejos, se veía a cuatro surferos metidos en el agua, a trescientos grados bajo cero, con un neopreno que los cubría prácticamente hasta los ojos.

Llevaba toda la sesión con la ventanilla un poco bajada para que entrara el olor a montaña y agua salada, planteándome si no hubiera sido una mejor opción salir corriendo hasta el mar y dejar que se congelara allí mi neurótico cerebro. Como siempre, no fue hasta los últimos minutos de la sesión cuando dejé de hablar de cosas insulsas y entré en materia:

—A veces creo que hay cosas malas que podrían pasar y, aunque no tengo la certeza absoluta de que vayan a pasar, encuentro todos los motivos por los que podrían llegar a pasar. Es como si mi cerebro se preparara siempre para la catástrofe absoluta y, luego, nunca o casi nunca pasara nada. Como cuando te empiezan a dar pinchazos en el corazón y descubres que en vez de un infarto solo eran gases.

—¿Y cómo te hace sentir eso?

—Pues estoy cansada todo el rato, aunque me pase el día tirada en la cama.

—Pasarte una mañana viviendo en tu mente e imaginándote cosas puede causar la misma sensación de cansancio que correr una maratón, pero sin la satisfacción de haberla corrido —me explicó.

—Sí, sí. Es exactamente eso —confirmé—. Es como si me quedara sin energía y sin ganas de hacer las cosas que realmente debería hacer.

—¿Qué cosas?

—Pues lo de mi futuro y tal.

—¿Podrías ser más específica? —insistió.

—A mi madre se le ha ocurrido que montemos una obra de teatro con la gente de la parroquia. Ella, de momento, está en plena lluvia de ideas, y yo debería estar siguiéndole el ritmo, pero lo cierto es que ni siquiera sé por dónde empezar. Me siento estúpida.

—Bueno, se aprende a hacer haciendo. Por ejemplo, los bebés no saben hablar, pero hacen como que hablan hasta que un día realmente acaban hablando.

Entre metáfora y metáfora, uno de los surfistas con cara de perroflauta con rollo llegó corriendo y se escondió junto al lateral del coche, en cuclillas bajo mi ventanilla. Su cara era de preocupación absoluta y no paraba de hacerme gestitos para indicarme que me quedara en silencio.

Mientras tanto, mi psicóloga daba por terminada la sesión:

—Está todo bien, hoy lo dejamos aquí.

Evidentemente, nada estaba bien, pero a ella le encantaba utilizar esa coletilla al final nuestras entrevistas.

—Y recuerda: «Hazlo como si fuera verdad». —Puso la guinda final y, sin que me diera tiempo ni a contestar, colgó la llamada.

En el exterior, se oían los gritos de una marabunta de gente que pasaba corriendo delante del coche. Huían de un tsunami o hacían crossfit, pero descarté de inmediato ambas hipótesis porque no se veía ninguna ola gigante ni vestían ropa de deporte. Uno de ellos, que se descolgó del resto, se acercó a mi coche y empezó a dar fuertes golpes en el cristal de la ventanilla opuesta al lateral donde se había refugiado el perroflauta con rollo. Yo, que si hay algo que no soporto es la gente histérica, porque me ponen más histérica de lo que suelo estar, bajé la ventanilla y le pegué un grito, enfurecida:

—¡¡Qué te pasaaaaaaaaaaaaaaaaaaaaaaaaaaaaaaa!!

Mi voz resonó en toda la playa y hasta las gaviotas huyeron.

El tipo, pálido, se limitó a contestarme con un hilillo de voz:

—Era solo para preguntarte si habías visto por aquí a Jonny Malony.

—¡No tengo ni la más remota idea de quién es esa persona! Y ahora, si no te importa, te apartas de mi coche y te vas a darte golpes en la cabeza contra la barandilla del paseo marítimo, ¡si te apetece!

El señor se marchó avergonzado. Yo volví a subir la ventanilla, aún furiosa.

Oí unos nuevos golpecitos, muy suaves y controlados, esta vez en la ventanilla de mi asiento. El perroflauta con rollo me miraba con ojitos de cordero degollado. Así que, por lástima, bajé la ventanilla y le dije lo más seca de lo que fui capaz:

—¿Qué?

—Por favor, soy Jonny Malony, ayúdame —suplicó.

En ese momento, me cayó la ficha y me di cuenta de que aquel tipo debía de ser el cantante famoso del que me había hablado Amanda. Yo no tengo mucha idea de música y soy un desastre con las caras, así que la suya no me sonaba de nada, aunque es cierto que daba el perfil. Tenía la típica pinta de tío ni guapo ni feo que, incluso recién salido del agua y con una actitud como de tirado, sabía perfectamente dónde iba colocado hasta el último de sus rizos. Olía a una mezcla de palosanto y Bleu de Chanel, y llevaba las uñas pintadas de negro.

—¿Qué quieres? —pregunté.

—Llévame a mi casa, por favor. Son solo trescientos metros.

Las voces de la marabunta se oían de nuevo cada vez más cerca.

—Pero ¿y tu tabla de surf?

—En la arena. Luego mando a alguien a por ella o me compro otra, me da igual —contestó al tiempo que miraba a los lados, ansioso por que le dejara subirse al coche lo antes posible.

La parte de atrás estaba llena de arena y tierra de llevar a Aceituna, así que no me importó que se subiera con el neopreno húmedo.

Al arrancar, el señor del puñito se dio cuenta de que Jonny se metía en el coche y corrió hacia nosotros. Parece que el miedo a que le reventara el tímpano otra vez no iba a detenerle.

Nerviosa, puse la primera lo más rápido que pude y salí de allí derrapando. El corazón me iba a mil, pero al parecer no tanto como a Jonny. Mientras avanzábamos en la dirección que me había indicado, empezó a hacer aspiraciones e inspiraciones muy profundas.

—¿Estás bien? —pregunté.

—Sí, sí. Es un método de relajación que aprendí en el Himalaya.

En ese momento descubrí que el Himalaya no es solo el lugar donde compran la sal los pijos. Por lo visto, también exporta métodos de relajación.

—Pues yo creo que vas a hiperventilar y te vas a marear más.

—Es que no sé cómo rebajar la tensión —dijo luchando para que no se le cayera la baba—. Pensé que en este pueblo tendría intimidad, pero hoy en día, con las redes sociales, se filtra todo. Métete por aquí. —Me señaló un desvío de la carretera.

Al girar, se apreciaba un caminito que moría en unos arbustos de unos tres metros de altura. Cuando no pudimos avanzar más, se bajó y continuó a pie con la misma estabilidad de un potro recién nacido. Me dio pena y bajé a ayudar.

—Esta es la parte de atrás de la finca. Hemos venido por aquí por si nos seguían.

Después de pasar entre los arbustitos y acabar con los brazos completamente magulladitos, salimos a un espacio enorme. Más que un jardín, era un pequeño bosque. En el centro había una especie de palacete que parecía en ruinas, con una fuente enorme a la entrada. En un lateral, estaba aparcado un autobús negro con los cristales tintados.

—Acabo de comprarme la casa, pero aún hay que hacer algunos arreglos. Por ahora vivo en el autobús —murmuró Jonny.

—Me recuerda al que saca Rosalía en los vídeos.

—Sí, sí, es el mismo. La Rosi es colega, ella fue quien me lo recomendó.

Al entrar, podía apreciarse que, efectivamente, era como un apartamento de lujo, en ese momento petado de gente de fiesta.

—¡Ey...! Jonny, ¿dónde estabas, tío? —le preguntaban.

—Intentaba surfear. Quería aprovechar el día, pero me han pillado...

Mientras él hablaba con la gente, yo curioseé por el autobús. Justo detrás del asiento del conductor, había una cocinita customizada con todos los electrodomésticos en rojo brillante. Según avanzabas, te encontrabas un salón con sofás, en un estampado de leopardo que al tocarlo comprobé que no era piel. El efecto estaba muy conseguido: tenía un tacto tan suave que me quedé allí atrapada unos minutos. Una abertura circular, con una barra en el centro para deslizarse que recordaba a las de los parques de bomberos, conectaba las dos alturas del vehículo. Subí por una escalerita y descubrí lo que había en la planta de arriba: una habitación con espejos en el techo. Las paredes eran rojas y un colchón de dos por dos, donde unas parejas estaban liándose, ocupaba un tercio del espacio. Visto el panorama, me decidí a bajar procurando no interrumpir. Desde lo alto de la escalera, vi un jacuzzi al final de la planta inferior. Y allí estaba metida Amanda, algo que no me sorprendió demasiado. Bajé y fui apartando a la gente hasta que conseguí llegar a ella.

—Pero... ¿qué haces aquí? ¿Quieres una calada? —me dijo mientras me ofrecía el porro que tenía en la mano.

Nunca me había dado por los porros, yo era más de vino y amor romántico. Lo del amor cada vez lo llevaba mejor, lo del vino era un tema aparte.

—No, gracias. —Rechacé el porro, pero pillé una botella de Ribera que andaba danzando por allí y le pegué un trago bien largo. Aunque eran las diez de la mañana, en aquel autobús parecían las diez de la noche.

—Bueno, ¿y qué hace aquí la hija de la catequista?

—Pues salvar la vida de Jon-ny me lavo —bromeé.

A Amanda y al resto de las personas random que estaban en el jacuzzi les dio un ataque de risa. La marihuana hacía de ellos un público muy fácil.

—Qué graciosita, la tía —saltó Jonny, que al parecer me había escuchado. Se terminó una porción de pizza y cogió un mando que tenía al lado del sofá. ¡Chum, chum, chum! Empezó a sonar música tecno a todo volumen.

La gente, hasta ahora sentada en los sofás y en el suelo, se puso de pie y arrancó a bailar. Yo aproveché el hueco libre, y Jonny se acercó y se sentó a mi lado.

—Veo que ya te encuentras mejor —le comenté—. No sabía que te molaba este tipo de musicón. Pensaba que llevabas más bien un rollo yogui, por lo de la meditación y todo eso.

—Sí, bueno, oscilo todo el rato entre la luz y la oscuridad. Ya sabes, voy fluyendo. Por lo que veo, tú eres del rollo.

—Sí, algo parecido.

—¿A qué te dedicas?

Su pregunta me recordó que había quedado con mi madre en la biblioteca después de la sesión de terapia.

—Un momento —dije mientras cogía el móvil. Mandé un mensaje: «Cancelamos biblioteca. Me quedo por la playa dando un paseo para pensar»—. Ya está.

—¿Trabajo? —preguntó él.

—Trabajo —confirmé, pero en mi cabeza retumbaba en bucle la voz de la psicóloga: «Hazlo como si fuera verdad, hazlo como si fuera verdad, hazlo como si fuera verdad...». Mi cerebro empezó a hilar y en un momento visualicé mi propia versión de la película *La llamada*. Mi madre y yo seríamos Los Javis; Jonny Malony, nuestro Leiva particular. Lo vi claro, tenía que conseguir que Jonny compusiera una canción para nuestra futura creación. Mi miedo contrafóbico se puso en marcha y, con una valentía que de ningún modo me caracterizaba, me dispuse a amortizar los sesenta euros que acababa de dejarme en la sesión de terapia.

—Sí, estaba hablando con mi socia —mentí.

—¿A qué os dedicáis? —picó en el anzuelo.

—Pues llevo ya años trabajando como actriz y escritora en Madrid. La verdad es que lo echo bastante de menos, porque estoy muy a gusto en mi dúplex de Malasaña. Ya sabes, una terracita de treinta metros cuadrados, un jacuzzi como este que tienes aquí... Bueno, lo más. Allí escribo mis proyectos. También participo en producciones de otros autores. Me encanta inspirar a la gente, trascender, dar trabajo a mis amigos...

—Qué guay, tía, yo es que hace mucho tiempo que no vengo por España, pero me sonaba un poco tu cara.

De lo único que podía sonarle era de un anuncio que

hace años grabé para Tampax y que ahora echaban en la televisión, porque me habían renovado los derechos. Así que intenté distraer su atención para que no lo relacionara.

—Difícil, difícil, porque mis proyectos me han funcionado más en Asia. —Me compliqué sin sentido.

—¿Asia? —preguntó extrañado.

—Sí, es que mi repre era de allí, pero ahora lo he dejado, porque me apetece desarrollarme en España. Actualmente, estoy metidísima en la adaptación de una de mis obras de teatro como entretenimiento para las gentes de este pueblo. Al fin y al cabo, es el lugar donde nací. Es como una obra de caridad, ya sabes, una donación más para desgravar por el tema del IRPF que tenemos los autónomos y toda esa pesca. Y nada, bueno, también con vistas a que se convierta en un proyecto más grande, tema audiovisual... —Mentí con toda mi jeta—. Igual te apetece participar... —le insinué como órdago final, con la adrenalina por las nubes.

Km 175

Después de repostar, la policía discreta intentó arrancar el motor pero, nada más girar la llave, el coche hizo un ruido raro y se caló.

—Mierda.

—¿Qué ha pasado?

—Creo que le he echado diésel en vez de gasolina. Es que acabo de cambiar de coche y, a veces, todavía me confundo.

El encargado de la gasolinera nos vio a lo lejos y se acercó hasta nosotros.

—Disculpe, ¿hay algún problema?

—Sí, que les dije gasolina y ustedes me han echado diésel.

—No se preocupe, a veces pasa. Vamos a llamar a la grúa y que se encargue el seguro.

El hombre se marchó y nos dejó allí esperando.

—No me miréis con esa cara, para algo se pagan los seguros. Esos tipos están forrados. Además, tenemos comida y un baño al lado. Podía ser peor.

9

Eran las dos de la tarde. Casi toda la gente se había marchado de la fiesta, y los que quedaban dormían medio en coma a pesar de la música tecno que aún sonaba a todo volumen. Jonny y yo, en cambio, seguíamos charlando.

Me estuvo contando que era huérfano. Al parecer, lo habían adoptado de un orfanato en Galicia, donde había pasado los primeros años de su vida. Pero, con apenas ocho años, los negocios de su padre de adopción les obligaron a mudarse a México. Allí, una de sus vecinas de urbanización, que se dedicaba a hacer castings para Televisa, lo fichó para un programa infantil que lo lanzó al estrellato.

Él se definía a sí mismo como «un futuro muñeco roto» que hasta el momento se mantenía entero a base de surf, yoga y tecno.

Yo escuchaba con cierta reserva, sin tener muy claro si

todo aquello era cierto o si se trataba de una película que Jonny se había montado para soltarla a la prensa y que él mismo había terminado por creerse.

—Bueno, ¿y cómo es ser rico? —le pregunté.

—¿Nunca has conocido a uno?

—Multimillonario, no.

—No soy multimillonario —se rio—. Me refiero a que en España no es como en México. Allí sí que podría decirse que llevo un nivel de vida muy alto, pero a punta de pistola, también te digo.

—¿Alguna vez te han apuntado con una pistola?

—Me gustaría decirte que solo es una forma de hablar, pero sí. Eso no lo digas por ahí, que como se entere mi repre me mata por dar mala publi a México. Lo de que «me mata» sí que es solo una forma de hablar —aclaró.

En lugar de ponerme a reflexionar sobre la suerte que tenemos en España de vivir en un país tan seguro, mis pensamientos se fueron por otros derroteros y, en un ataque de sinceridad, solté:

—Qué envidia.

—¿Quieres morir? —me preguntó, extrañado, entre risas.

—No, no, es justo lo contrario.

—¿A qué te refieres? —preguntó con curiosidad.

—Es que a veces me parece que estoy atrapada en una

normalidad absurda que me paraliza, y siento que lo único que puede sacarme de allí son las situaciones de riesgo. Pero es un problema: todo lo que me divierte está mal, es imposible o me acaba haciendo daño porque es tóxico.

—¿Por eso te dedicas a escribir y a interpretar historias, para vivir esos riesgos de manera segura a través de la ficción?

—Sí, supongo que sí —le contesté admirando su análisis.

De repente, el tiempo empezó a ralentizarse. Era como si estuviéramos en una burbuja de conexión absoluta, flotando, suspendidos en el aire… Una burbuja que de golpe pinchó Amanda al soltar un ronquido de ogro de las cavernas.

—¿Te apetece seguir hablando en el jacuzzi? —sugirió Jonny.

—Sí —contesté sin pensármelo dos veces. Me desvestí hasta quedarme en ropa interior y me metí en el agua. Me dieron completamente igual mis complejos habituales del tipo llevar bragas de piolín, estado de la depilación o tener celulitis.

Jonny se bajó el neopreno hasta la cintura, dejando a la vista unos abdominales perfectamente definidos, y entró detrás de mí. Abrió un compartimento de la pared lateral y echó en el agua una bolita que olía a lavanda y que se deshizo entre las burbujas. Al poco, alargó el brazo y metió los dedos entre mis rizos, provocando que un agradable escalofrío me recorriera todo el cuerpo. Yo eché la cabeza hacia atrás en estado de éxtasis. Pensé en darle un beso, pero, justo antes de que me pudiera acercar ni un centímetro, cogió el mando de la música y la cambió de tecno a soul. Unas arcadas terribles me subieron del estómago a la garganta. Me vinieron a la cabeza una sucesión de imágenes de todos mis ex, seguidas de bebés que me tiraban del pelo y, como colofón, textos de temática antirromántica que había leído en varias cuentas de psicología de Instagram.

—Pues Amanda no está con nadie —intenté cortar por lo sano.

—Y tú, ¿estás soltera? —insistió.

—Pues mira, sí. No solo no estoy con nadie, sino que he decidido que me moriré así —contesté superseria—. ¿Y tú?

—Yo soy un príncipe deconstruido en busca de una princesa guerrera con la que sobrellevar el mundo. —Hizo una pausa dramática y se rio—. Es la letra de mi próxima canción.

Yo me reí también, sin saber muy bien por dónde tirar. Debió de asustarle mi cara, ya que al momento cambió de tema de conversación.

—Bueno, y entonces ¿de qué va tu obra? ¿En qué tendría que inspirarme para la banda sonora? —cuéntame.

—Eeeh... ¡Brujas! —improvisé.

—¿Brujas?

—Se... —seguí sin más—, se trata de una especie de metáfora de la realidad para denunciar los prejuicios de la sociedad, el tema de la salud mental... Una denuncia de cómo durante años se ha castigado a las mujeres con el tema de la locura...

Mientras hablaba, empecé a darme cuenta de que, de algún modo, algo se desbloqueaba en mi interior. Por fin, tenía una idea bastante clara de lo que quería contar en la obra.

—¡Tengo que irme! —añadí.

Me levanté de un salto, ansiosa por contarle a mi madre mi nuevo descubrimiento.

Él, antes de que yo pudiera salir del jacuzzi, me agarró de la mano y me dijo:

—Compongo la canción, si me dejas invitarte a cenar.

Aquel comentario me sentó bastante mal. Bueno, puede que sintiera que debía fingir que me había sentado bastante mal, ya que cinco minutos antes estaba dispuesta a darle un beso.

—Gracias, pero yo no hago ese tipo de intercambios —contesté, superdigna.

—No tengo ningún tipo de intención de ir más allá de una amistad —añadió con los ojos cerrados, mientras se reía.

—¿Por qué cierras los ojos?

—Porque tienes las bragas en los tobillos, querida.

Me había levantado tan rápido que a las bragas no les había dado tiempo a seguirme y se habían quedado en el agua.

—Me cuesta encontrar gente con la que tener conversaciones realmente interesantes y conectar en mi día a día, solo es eso —continuó—. De todos modos, cuenta conmigo, cenemos o no, para la banda sonora. Me parece un proyecto interesante.

—Sí… no es fácil encontrar a alguien con quien conectar a nivel creativo…

—¡Zorra! —me cortó con un grito Amanda, al parecer despierta desde hacía un rato. A continuación, se bajó del autobús.

Yo cogí mi ropa hecha un gurruño y salí corriendo detrás de ella.

—¡Amanda, espera! —grité mientras intentaba ponerme los vaqueros sin comerme el suelo.

Ella, lejos de pararse, corrió más rápido y siguió gritando:

—¡Te dije que Jonny era mío!

—¡Eres una mentirosa! Lo único que me dijiste fue que venía un cantante famoso al pueblo. —Y eso que yo era la primera que llevaba toda la mañana mintiendo.

De todos modos, me fascinan esas actitudes del ser humano cuando nos gusta alguien. Como si las personas fueran cartas con las que negociar, esclavos de nuestras decisiones y sin derecho a opinar. Aunque tampoco me parece bien lo de la típica amiga que dejas un momento sola con tu ligue, mientras vas al baño, y al volver ya le está comiendo la boca. Pero este no era el caso.

—De verdad que no hay nada entre nosotros —insistí mientras atravesaba los arbustos de vuelta al exterior.

Amanda se paró. Por fin parecía estar dispuesta a escucharme:

—¿Ni lo habrá? ¿Me lo juras?

—Te lo juro. Lo único que quiero de este tío es que me haga la música de la obra. Nada más, es solo interés. Punto. Fin. Negocios.

Como aún seguía tocada por el vino, me vine arriba y me puse a tatarear como si fuera la Loba de Wall Street: «Mmm, mmm...».

—Solo me interesan los negocios. La Marimar romántica es historia —continué con un punto melodramático—. Solo diría sí al amor si me viniera ahora mismo Brad Pitt, semidesnudo en un caballo blanco, para convencerme de que lo intentáramos.

Amanda se me quedó mirando con cara de póquer.

—Tu ex.

—¿Te había hablado del póster de Brad? A ver…, nunca me lo tomé realmente como uno de mis ex. No soy esquizofrénica, o no lo creo, vaya. Cuando era adolescente a veces sí que fantaseaba con hablar con él, pero ya está… Oh, bueno, vale, también me he tocado pensando en él.

—¡Tu ex! —repitió Amanda.

—Joder, Amanda, que te estoy diciendo que no es exactamente mi…

Amanda me agarró por los hombros y me dio la vuelta. No era Brad semidesnudo a caballo, sino #Exnoviobrocoli en su coche, con la camisa abrochada hasta el último botón y mi madre sentada en el asiento del acompañante.

—Pero ¿qué? —Noté que me bajaba el ciego de golpe.

—Te he encontrado por el localizador de tu móvil. Bueno, no exactamente. O sea, tu madre me dijo que estabas en la playa, y yo he llegado a este punto exacto porque tenías abierta la cuenta en mi iPad, y no te encontraba, y me he asustado, y he comprobado la ubicación… —Mi ex soltaba palabras en un ataque de verborrea.

Yo estaba completamente en shock, así que él continuó hablando:

—… y tu madre me llamó para decirme que estaba muy preocupada por ti, y que hacías cosas raras, y que seguramente era porque me echabas de menos…

—¿Que mi madre qué?

—Que no estás bien, Marimar —sentenció ella, que había callado hasta ese momento—. ¡Ya veo cómo paseas por la playa para pensar! Es que vaya tela… Dame las llaves del coche, ¡anda, borracha!, que me lo llevo a casa. A ti que te lleve este, que tenéis mucho de que hablar. Amanda, tú te vienes conmigo, que tampoco estás como para conducir.

Mi madre y Amanda se alejaron y mi ex siguió con las explicaciones:

—¿Sabes qué? Después de que te marcharas lo entendí todo y te pido disculpas. Pero vamos a arreglarlo, Marimar. Ya he dado el primer paso. Solicité teletrabajar y me lo han concedido. Me mudo al pueblo para estar a tu lado, quiero ayudarte. ¡Estoy dispuesto a chuparte los pies!

Sin mediar palabra, abrí la puerta trasera del Twingo y allí dentro me metí, como si de un Cabify se tratara.

Km 150

—Con leche de soja, porfa —le dijo la policía discreta al camarero de la gasolinera.

—No entender gente que beber soja *milk*, para eso no beber *milk* —comentó el colágeno alemán.

—Ya, es que soy intolerante a la lactosa, así que este tipo de leche hace que no tengas que comerte mis pedos. Aunque ya te digo yo que huelen mejor que el tufo de tus pies, ¡chaval!

A mí me dio un ataque de risa. La policía discreta me caía cada vez mejor.

10

Era la fiesta de jubilación de mi padre y yo llevaba toda la tarde probándome ropa. Es algo habitual en mí eso de dedicar más tiempo a arreglarme que lo que luego dura el evento al que voy. Horas y horas delante de un espejo, despellejándome viva, sacándome todos los defectos posibles. Ni Risto Mejide se atrevió a tanto. Cogí una caja de chicles que tenía encima del escritorio y me metí en la boca cinco de golpe, en un intento de calmar mi ansiedad. Con el *outfit* por fin decidido, desfilé con mis tacones de aguja por el pasillo de casa, en dirección a la puerta del jardín.

—¡Marimar, que me rayas la madera! —gritó mi madre al escuchar el taconeo desde la cocina.

Ni siquiera contesté. Seguía enfadada con ella por pensar que la solución a todos mis desequilibrios era que volviera con mi ex, ese que se había plantado en el hostal del pueblo dispuesto a teletrabajar de manera indefinida para intentar reconquistarme. Por no discutir, seguí mi camino de puntillas, como si fuera un tiranosaurio, hasta que mi madre interrumpió de nuevo mi calma. Se asomó desde la cocina para ver cómo iba vestida.

—Quítate ese sombrero, que no estás en Madrid, y vístete algo más clásica. Hoy el protagonista es tu padre, no tú.

—Iré como me dé la gana.

—Mamá tiene razón. En mi boda hiciste lo mismo. Ibas muchísimo más guapa que yo. Parecía una patata a tu lado —reivindicó mi hermana, que esta vez había venido sola desde Barcelona. Al parecer, mi cuñado ahora trabajaba los findes en un museo.

No dije nada y, para evitar un conflicto familiar, me puse una falda negra que me llegaba hasta debajo de la rodilla y una aburrida y simple camisa blanca.

Hacía días que no salía a la calle porque por fin estaba trabajando en la obra de teatro sobre las brujas. Con el objetivo de aprovechar el sol, decidí esperar al resto de la familia en el jardín. La luz solar me provocaba un éxtasis mayor de lo habitual, aunque ese éxtasis duró más bien poco; pasados apenas dos minutos, escuché la voz de mi ex.

—¡Marimar! Ha llegado tu acompañante —dijo mi

madre en un tono falso e hiperamable para después dejarnos a solas.

—¿Qué tal? —me saludó él desde la puerta, como si hubiera venido de visita al jardín de un centro psiquiátrico.

—Pasa —le dije, impasible, sin ni siquiera quitarme las gafas de sol.

Lo cierto es que no sabía bien lo que sentía. Por un lado, tenía claro que no me interesaba en absoluto volver con aquel pan sin sal, pero, por el otro, me sorprendía mucho su comportamiento. Había pasado, de no hacer ni el más mínimo esfuerzo por cuidar nuestra relación, a dejar Madrid y mudarse al norte para «reconquistarme». Hasta ahora había aceptado la excusa de que mi cama de noventa era mi tabla del Titanic y que allí no cabíamos los dos, por lo que parecía resignado a pagar el hostal hasta que mi corazón se ablandara.

—Te he echado de menos, reina —dijo con esa nueva actitud romántica que no le pegaba en absoluto.

—Yo no. —No me costó mucho mantenerme firme.

—Vaya —masculló. Se quedó mirando al infinito con cara de cordero degollado.

—Lo siento. Es que simplemente no siento nada.

—¿Es como si tuvieras el corazón congelado? —preguntó mientras miraba la pantalla de su móvil.

—Sí, supongo que sí…

—Vale. Es que me he estado informando para tratar de entender nuestra ruptura desde una base científica. He leído en Google que puede que tengas apego desorganizado, que es una mezcla entre el apego ansioso y el evitativo, y ahora mismo sería el evitativo el que estaría dominando la situación.

—No tengo ni idea de qué es todo eso, pero me pregunto por qué analizas lo que yo hago en vez de dar un buen repaso a lo que tienes tú en la cabeza.

El evento se celebraba en un club privado situado en la última planta del edificio en el que había trabajado toda su vida mi padre, en una ciudad a una media hora de nuestro pueblo. Cuando llegamos, el asunto tenía un aire ultraformal y bastante gris. Supongo que, en el fondo, mi madre tenía razón al sugerirme que llevara una vestimenta más discreta. El vigilante de seguridad paró a una chica que también se disponía a entrar:

—Disculpe, no puede pasar así.

—¿Así cómo? —preguntó la chica.

—Ese largo de falda no está permitido en el edificio. Me temo que tendrá que cambiarse de ropa o no podrá subir.

No pude escuchar más, porque mi madre me llamó desde el ascensor y me susurró al oído:

—¿Lo ves, Marimar? Es mejor pasar desapercibida. En este club, por ejemplo, hasta hace nada solo dejaban entrar a los hombres.

—Pues a mí, de lo que me dan ganas es de hacer una sentada con las tetas al aire, así en plan protesta.

—Pues el día que te jubiles tú, haces lo que te dé la gana. Hoy el objetivo es que no dejes en ridículo a tu padre, ¿entendido?

Yo la miré con cara de planta y me limité a contestar:

—OK.

El evento consistía en un cóctel informal, seguido de una cena y, como colofón, la entrega de insignias. Durante el cóctel, mi padre y mi madre hablaron con unos y otros, mientras #Exnoviobrocoli, mi hermana, mi tío y yo nos situamos en una esquina con la esperanza de que nos llegara algo del catering, que eran esos canapés diminutos, tamaño Playmobil, que apenas hace falta masticar.

Todos los aperitivos que nos traían eran de pescado o contenían trozos de marisco, por lo que yo no probé bocado. Tengo una especie de trauma con todo lo procedente del mar. Hay gente que tiene fobia a las arañas y luego estamos los que nos pasa lo mismo con los peces. No tengo claro el origen del problema, pero no soy capaz ni de entrar en una pescadería. La razón que más repito, cuando me preguntan, es que mi primera mascota fue un pequeño pez negro, Chu, al que quería con todo mi corazón. Por eso, ahora, mi cerebro asocia cualquier pescado con Chu y tengo la sensación de que me lo estoy comiendo.

Al fin, empezaron a sacar una especie de nachos, pero la gente arrasaba y las bandejas no llegaban hasta nosotros. Así que me acerqué a un camarero y le pregunté si podía llevarme una para nuestro grupo. Él me miró extrañado, pero acabó por ceder ante mi insistencia. En el camino de vuelta, la marabunta me confundió con una de las camareras, ya que mi look de puritana era prácticamente igual al uniforme de los del catering. En un intento por llegar a mi destino con el tesoro gastronómico a salvo, levanté la bandeja por encima de las cabezas pero fui a chocar con el grupo en el que estaban charlando mis padres.

—Sí, yo quiero picar un poco, gracias —dijo uno haciendo hincapié para que bajara la bandeja.

—Gracias —añadió otro.

Mi padre cogió un canapé y siguió hablando, ignorándome como si yo no fuera su hija. Mi madre, en cambio, me miró con cara de «problemas, problemas, problemas», así que, después de hacer una reverencia, me largué de allí.

—Pero si te has traído la bandeja entera. Qué loca estás, sobrina —manifestó mi tío.

—¿Loca? —le contestó mi ex, que soltó una especie de discurso que se había preparado para el momento más oportuno—: Marimar de loca no tiene ni un pelo, ¿vale? Tiene problemas de apego, pero no está nada loca. Nos divierte con sus hazañas y su manera de ver el mundo.

Nos quedamos mirándolo en un silencio incómodo. Él buscaba mi aprobación, como si preguntara «¿Lo he hecho bien?». Y debería decir que sí, aunque todo había sonado un poco forzado. Suponía un gran paso para él, supongo.

Entonces, uno de los camareros nos indicó que debíamos pasar al comedor. Mi madre apareció justo a continuación.

—Vamos a la mesa y esperamos allí a vuestro padre, que le apetece seguir hablando con otros compañeros —dijo con un tono que confirmaba el estrés que le provocaba llevar todo el día fingiendo ser la perfecta mujer del jubilado.

Yo me limité a asentir con la cabeza, como si fuera un autómata.

El salón estaba lleno de mesas circulares que, como en una gala, estaban dispuestas de cara al escenario donde se realizarían los discursos. A la derecha, se divisaba una terraza enorme con vistas al mar.

Pasados unos veinte minutos, sirvieron la comida. Mi padre se sentó por fin a la mesa y nos pusimos a cenar. La velada se desarrolló con normalidad hasta que llegamos al postre, cuando en los altavoces se escuchó un desagradable pitido, el de un micrófono que se acoplaba. Justo después, una de las directivas de la empresa empezó a dar un discurso en el escenario.

—Buenas tardes, es para mí un placer que me acompañen hoy aquí para homenajear...

Mi tío, al que tenía sentado a mi derecha, me dijo por lo bajo:

—¿Ves como eso del machismo no es cierto, sobrina? ¡Que la jefa de tu padre es una mujer! Aunque con lo grande que es, parece más bien un maromo. —Se rio—. Pero yo, si te digo la verdad, me la fo..., me acostaba con ella, perdón.

—Yo también follaba con ella si tuviera su consentimiento —le contesté para dejarlo con la cara colorada.

—Qué rara eres, sobrina —comentó.

Seguí con la mirada en el escenario, como si nada. A mi izquierda tenía a mi ex, que tampoco parecía que fuera a dejarme escuchar el discurso tranquila.

—¿Estás nerviosa, mi cielo?

—¿Qué? —Le lancé una mirada de asco, por cursi—. ¿Y eso por qué?

—Porque tu padre se jubila.

—Naaah… Supongo que le apetecerá.

—¿Supones? Pero ¿no lo has hablado con él?

—No, él es como tú. No suele decir nada.

—Eso era antes, Marimar. Dices que solo te analizo a ti en vez de fijarme en cómo actúo yo. Pues bien, te gustará saber que he hecho los deberes. Lo que tengo es apego evitativo, y tu padre, seguramente también. Mi padre y el resto de sus compañeros que se jubilaban subieron al escenario para recibir la insignia. Cada uno dio un breve discurso que emocionó a sus familiares. Mi padre se limitó a hacer una reverencia, a modo de agradecimiento, y, sin ni siquiera acercarse al micrófono, bajó del escenario.

—Evitar la emocionalidad es parte de la personalidad de los que sufrimos apego evitativo… —continuó con su análisis #Exnoviobrocoli mientras mi padre regresaba a la mesa con nosotros.

—Enhorabuena, hermano —le dijo mi tío dándole una palmadita en la espalda.

—Gracias —respondió mi padre con una media sonrisa.

—Y ¿qué vas a hacer ahora? —le insistió el otro.

—Pues, lo de siempre. ¿Qué, si no? —le cortó mi padre con pasividad.

—Podríamos viajar, nunca hemos viajado —comentó mi madre.

—Ya sabes que no me gusta. Venga, comed y no me hagáis más preguntas.

En ese momento, mi madre sacó de debajo de la mesa una bolsita blanca con un lazo rojo y se lo puso delante, superseria.

—Tu regalo de jubilación.

Mi padre lo abrió y vio que era un viaje a Egipto. ¡Bravo, padre!

—Vaya, bueno… ¿Tengo que ir yo también o puedes ir con alguna de estas? —preguntó en referencia a mi hermana y a mí.

Mi hermana y yo nos miramos sabiendo que mi madre estaba a punto de explotar. Ay, la que se venía…

Justo en ese momento, #Exnoviobrocoli se levantó de la silla e hincó la rodilla derecha a mi lado. Toda la sala se quedó pasmada. Yo estaba completamente en shock. «¡Mierda, mierda, mierda!», pensé. Mi madre me miró, miró a mi padre y le espetó:

—Es que ni el día que nos prometimos tuviste tú ni el más mínimo detalle conmigo. Tuve que ir yo a comprar un anillo con un billete de diez mil pesetas, que acababa de cobrar en la tienda de ropa en la que trabajaba, y fingir que era la secretaria de un jefazo que me había hecho un encargo.

A continuación, se levantó y salió en dirección a la terraza. Yo aproveché y fui tras ella, dejando al otro con la rodilla hincada.

Estábamos en la terraza, apoyadas en la barandilla y mirando al mar, cuando mi madre se encendió un cigarro y cogió una copa de champán de la bandeja de un camarero que pasaba.

—¿Sabes qué, hija?

—¿Qué?

—No fumaba desde que estaba soltera.

—¿Y hace cuánto fue eso?

—Muchos años, hija. Me casé a los dieciocho, imagínate. ¿Cuántos tienes tú ahora, Marimar? ¿Treinta y cuatro?

—Treinta y tres, mamá, treinta y tres. Que siempre me pones un año de más —le dije en tono de broma.

—Pues, durante todos esos años yo he crecido junto a tu padre. Me he desarrollado con él, como si fuera un apéndice, y él conmigo. Él ha trabajado mucho, muchísimo, pero yo también. Y ahora, ¿qué? Él no sabe ni cocinar, ni limpiar ni comprarse la ropa solo… Y se jubila.

—Sí, estamos en su fiesta.

—Ya, ya sé que estamos en su fiesta. La cuestión es que yo no voy a tener mi fiesta de jubilación. Estoy cansada, Marimar. Quiero hacer lo que me dé la gana.

—Cuidas de todos nosotros y ayudas en la parroquia. Te mereces la mejor fiesta que te podamos organizar. Pero aún te queda mucho por hacer, mamá. Por cierto, tengo una buena noticia. He empezado a escribir la obra de teatro. Va sobre unas brujas que viven en la época contemporánea en un pueblo como el nuestro.

—¿Brujas? —rio mientras le daba una calada al cigarro.

—Mujeres que en realidad son brujas, que viven ocultas, que se revelan y que están hasta la pepitilla. Como tú, mamá, como tú. Es una metáfora.

—Creo que voy a dejar a tu padre —sentenció.

Km 125

—¿Sabíais que el cincuenta por ciento de la población está divorciada? —Saqué un nuevo tema de conversación.

—Normal, aguantarse tantos *years* imposible es —afirmó el alemán.

—Pues yo tengo la esperanza de que se pueda estar tanto tiempo con alguien y de que ese tiempo se pase sin que uno se dé cuenta. No tengo ni idea de cuál es la fórmula perfecta, pero... sería algo así como una relación con tu mejor amigo, ¿no? —confesó la policía discreta.

—¿Relación abierta? —preguntó el alemán.

—No es eso, me refiero a que tu pareja sea tu mejor amigo y viceversa.

11

Parece que mi madre estaba decidida a dejar a mi padre. Hacía ya una semana que se había ido de casa, aunque de momento no muy lejos: dormía con Fernanda en la de enfrente. Por otro lado, #Exnoviobrocoli ya no pasaba las noches en el hostal, porque yo le había ofrecido de manera temporal la habitación de mi hermana. Me sentía culpable de que se gastara así el dinero.

En cuanto a la obra, mi madre y yo habíamos acabado de crearla juntas. Unimos alguna temática de la primera lluvia de ideas de mi madre con el universo brujas que yo había imaginado y montamos el primer borrador. Yo me encargué de estructurarlo y ella lo revisó para adecuarlo a las limitaciones de nuestro público potencial. Me impresionó descubrir hasta qué punto mi madre conocía el sentir de los vecinos del pueblo, con qué detalle se preocupaba de que en cada escena hubiera algún guiño a cada uno de ellos. El resultado no me pudo gustar más: entre las dos habíamos ideado una especie de experiencia inmersiva que se desarrollaría en varios espacios independientes, conectados por una trama que el público iría descubriendo a medida que realizara el recorrido. La localización que elegimos fue la casa de Pipín y Rosi. A pesar de que llevaban años con la idea de explotarla como hostal, solo utilizaban la zona del bar. Les pareció una idea estupenda.

Para seleccionar a los intérpretes, ya que con la gente de la parroquia no teníamos suficiente, mi madre y yo organizamos un casting que convocamos colgando carteles por todo el pueblo.

El cura nos cedió la iglesia. Llegamos allí dos horas antes de la convocatoria, con tiempo para preparar el espacio. Dimos la vuelta a un par de bancos, que quedaron mirando al coro, donde se llevarían a cabo las audiciones. A medida que llegaran los candidatos, les facilitaríamos las separatas de la obra correspondientes a su perfil.

Estaba colocando un termo con café y cuatro sobaos junto a la puerta, cuando mi madre me preguntó por mi ex:

—¿Y cómo es que está durmiendo en casa?

—A estas horas ya se habrá despertado. Suele levantarse pronto para ponerse a trabajar.

—Me refiero a que lo hace cada día, Marimar. No te hagas la tonta, hija, que no te pega.

—No, bueno, no hemos vuelto. Es que estaba gastando mucho dinero en el hostal y pensé que, si tenía que gastárselo, mejor que lo hiciera en un regalo para mí, por el favor de acogerlo.

—Ah. Pensaba que estabas valorando si le dabas otra oportunidad.

Me quedé callada sin saber qué decir y ella cambió de tema.

—Y tu padre ¿qué tal está?

—Como siempre, sigue sin decir nada.

—Bueno, los personajes. —Otro drástico cambio de tema—. Tenemos tres brujas: una bruja abuela, una bruja madre y una bruja hija...

En ese momento apareció Fernanda, que llegaba con antelación para dejarnos su móvil de última generación, con el que grabaríamos las audiciones.

—Vengo también para el personaje de la máxima protagonista.

—Vale, Fernanda, pero si aún no sabes ni de qué va la obra... —intentó tranquilizarla mi madre.

—Gelu, me lo escribes si hace falta, que me quedan cuatro días y necesito brillar antes de morirme.

—Pero ¿estás enferma? ¿Te vas a morir? —pregunté con el corazón en un puño.

—Antes que tú, seguro, niña —me contestó como justificación a su dramatismo.

—Ah, vale, vale, que pensaba que te habían detectado una enfermedad o algo.

—¡Eso ni lo mientes! —me recriminó.

—Perdón, perdón —contesté aguantándome la risa.

Fernanda era una de esas personas que, dijeran lo que dijesen, por grave que fuera, siempre hacía que todo sonase en tono de comedia.

—Bueno, hay varios protagonistas, pero, si quieres, puedes presentarte al de la bruja abuela.

—Espero que tenga un rollo joven, porque si no, me toca un poco la moral. No sé si entiendes por dónde voy...

—Sí, Fernanda... —le confirmó mi madre con paciencia—. No es una abuela tradicional.

Después de unos minutos leyendo la separata, se subió al altillo y empezó a actuar con los papeles en la mano:

—¡Brujismulda! ¡Brujismulda...! Todos atacan a Brujismulda, pero nadie entiende a Brujismulda —exclamó en un tono de voz tan alto que retumbó en toda la iglesia—. Sí, yo maté a toda una generación de prejuiciosos con mis cartas envenenadas. Pero sus hijos, y después sus nietos, crecieron en libertad criados por las brujas. Murieron los terceros ojos, pero renacieron los cuartos. Un pueblo entero intuyendo sin cargas, un pueblo de ovejas negras renacidas. —Tal como terminó, pegó un saltito e hizo como que apuntaba al cielo con un micrófono imaginario, como si estuviera en *Operación Triunfo*. Mi madre y yo nos levantamos y aplaudimos. Su interpretación había sido brillante.

—Espero vuestra confirmación, estaré en los camerinos —dijo bromeando y se fue a esperar sentada en la esquina de uno de los bancos.

—¿Qué tal la convivencia con ella? —le pregunté con disimulo a mi madre.

—Bien. Es una versión de ti pero con cincuenta años más.

—Pero ¿qué dices? Yo no soy tan intensa —le reproché.

—¡Fernanda! —gritó mi madre hacia el final del banco—. ¿Crees que mi hija es intensa?

—Más que yo, y ya es decir —confirmó sin levantar la vista del móvil. Se regocijaba con lo bien que había hecho la prueba.

Entraron en la iglesia unas cuantas personas, entre las que se encontraba la supuesta amante del difunto ex de Fernanda, aquella con la que había discutido en el tanatorio.

—Disculpen, ¿es aquí lo de la audición para lo del teatro? —preguntó la Amante.

—Sí, sí, pasen, por favor —contestó mi madre.

—Con lo tranquilas que estábamos —comentó Fernanda, preocupada por que la susodicha pudiera robarle el papel protagonista—. Si quieres tomar algo, tienes café en la puerta. Para acompañar, puedes elegir entre sobaos o pastel de puños —añadió.

—¡Que sí, que es aquí! —La Amante, ignorando por completo a Fernanda, avisó al resto de las personas que se encontraban fuera.

Entró mucha gente, tanta que tuvimos que dar la vuelta a prácticamente todos los bancos de la iglesia. Mientras repartíamos las separatas, vimos que Jonny y Amanda aparecían cogidos de la mano. Di por hecho que habrían visto por la calle alguno de los carteles de la convocatoria, ya que no había hablado con ellos desde el día del *after* en la casa-autobús. El problema era que aún no le había contado a mi «socia» nada del asunto de la canción, y menos aún de las mentiras que había tenido que contar para dar credibilidad al proyecto y conseguir que Jonny participara.

—Mamá, solo sígueme el rollo con lo de Asia —le supliqué nerviosa, mientras la parejita se acercaba a nosotras.

—¿Qué tal? —dijo Amanda.

—Cuánto tiempo… Ya veo que han pasado muchas cositas…

Amanda me sonrió como si llevara un trofeo, victoriosa.

—¿Qué tal, Marimar? —me saludó Jonny—. Muy buenos días, señorita —dijo a mi madre mientras le cogía la mano para besársela, como si fuera un conquistador del siglo XIX—. Soy la persona encargada de componer la canción para este proyecto.

—Muy buenos días, yo soy Asia —contestó mi madre. Intentaba seguirme el rollo, pero en ese momento yo solo quería que el suelo se convirtiera en unas arenas movedizas que me tragaran para siempre jamás.

—Yo, México —respondió Jonny, en un intento de comunicarse en aquel supuesto código. Por un momento, eso pareció la versión rural de *La casa de papel*.

Uno de los presentes reconoció a Jonny, cuando se quitó la gorra y las gafas, y desató una reacción en cadena. Se formó un círculo a su alrededor y todos empezaron a pedirle fotos.

—¿Pero este quién es, hija? —aprovechó para preguntarme mi madre, que era igual de ignorante que yo respecto al panorama musical internacional.

—Un cantante y compositor famoso de México que conocí un día y que ha accedido a hacernos la banda sonora del proyecto. La cuestión es que le mentí y le dije que yo también era famosa en Asia.

—¿En Asia? A mí esto me suena a cuento chino —dijo riéndose de mí.

—Vale, mamá. Puede que exagerara un poco…

—A ver, hija, es que tú, que no sabes ni hablar bien inglés, podías haberle dicho que triunfabas en Canarias, por ejemplo.

—Yo qué sé, me salió solo.

—Bueno, ¿y por qué le mentiste?

—Pues para que creyera que esto era algo importante. En ese momento, mi madre torció el gesto y me habló con firmeza y rotundidad:

—Marimar, esto es serio de verdad. Tú te has formado como actriz y ahora estás desarrollándote como creadora. El texto que hemos escrito juntas es magnífico y vamos a sacarlo adelante.

Mientras hablaba, pude sentir como si en la capa de hielo que recubría mi corazón se abriera una pequeña grieta.

—Bueno, ¿empiezo o no? —interrumpió la Amante, que ya estaba preparada en el escenario para comenzar su prueba.

—Maldita sea —refunfuñaba Fernanda al tiempo que colocaba el móvil en el trípode de muy mala gana, ya que, efectivamente, ambas competían por el mismo papel.

—Brujismulda, Brujismulda… —empezó a declamar la Amante. Mi madre estaba concentrada en la audición. Amanda, que al parecer había escuchado nuestra conversación mientras Jonny se hacía fotos, me dijo:

—Tranquila, que yo tampoco he contado nada. De Jonny solo me interesa la parte sentimental; lo del trabajo, a mí, plin. Todo lo contrario que a ti. Con tal de que no interfieras en mi romance, me vale... ¿Entendido? Voy a ser la nueva Georgina.

—Sí, entendido, sí.

—Además, ahora te vas a casar, ¿no? Pues eso, ya no eres un obstáculo en mi historia de amor.

—¿Cómo que me voy a casar? —le contesté sin entender nada.

—Me lo contó tu hermana cuando me crucé con ella en la calle, el día que se volvía a Barcelona. Que te había pedido matrimonio tu ex, o tu futuro marido..., ya no sé cómo llamarlo.

Lo cierto es que no había vuelto a pensar en ello. Era una de esas cosas que pasan pero que te esfuerzas en fingir que nunca han pasado. Mi ex me había pedido matrimonio y aún no le había dado una respuesta. ¿Acaso una parte de mí todavía dudaba? Y, en segundo lugar: ¿acaso mi hermana iba como si nada contando mi vida a la peña?

—Quédate con que no interferiré en tu relación y punto —le dije para cerrar el tema.

—Queda zanjado —dijo, apretándome la mano para sellar el trato.

—Zanjado —reconfirmé.

—Zanjado —repitió apretándome aún con más fuerza.

—¿Qué es lo que queda zanjado, chicas? —nos interrumpió Jonny.

—Que mi mejor amiga me ha enchufado y voy a hacer uno de los personajes principales.

«Mi mejor amiga me ha enchufado», había soltado Amanda. Primero Fernanda y ahora ella. «¿Será esto lo que sienten los directores importantes cuando tienen que elegir a los intérpretes?», me pregunté.

—Por cierto, tú y yo tenemos que hablar de la obra, Marimar. Me gustaría consultarte un par de dudas sobre la música —comentó Jonny.

—Claro, tomaos el tiempo que necesitéis. ¡Yo os espero por aquí con mi mamá postiza! —dijo Amanda refiriéndose a mi madre. Un escalofrío me recorrió todo el cuerpo.

Avancé con Jonny hacia la zona de la sacristía, detrás del altar, donde podríamos hablar más tranquilos sin que todo el mundo nos observara como si aquello fuera *Sálvame Deluxe*.

—Bueno… —me dijo, nervioso.

—Bueno… —le contesté yo, intentando ocultar lo nerviosa que me ponía cuando la gente se alteraba.

—Qué morbo.

—¿Qué?

—Lo de las brujas. Cuanto más lo pienso, más me pone.

A mí me dio un ataque de tos. Fui incapaz de controlarlo y se me escapó un pequeño escupitajo que cayó en la solapa de su chaqueta de cuero.

—Perdón, perdón, a veces me pasa cuando mi lengua choca con el retenedor dental ese que te ponen después de llevar brackets, para que los dientes no se muevan. Se me cayó mordiendo una pera y hace unos meses me colocaron uno más grande y resistente, pero todavía no me he acostumbrado. Y ahora es como que la saliva hace cosas raras, ¿sabes? —terminé mi absurdo discurso fruto de los nervios.

—¿La saliva?

—Sí, han saltado como unas gotitas, pensaba que te habías dado cuenta.

En ese momento pasó el dedo por el escupitajo para retirarlo de la chaqueta y añadió:

—No soy escrupuloso.

A continuación, se acercó hacia mí y alargó el brazo por encima de mi espalda para coger una Biblia.

—Hacía mucho que no tenía una entre las manos. Ni que estaba en una iglesia, si te digo la verdad.

—Ah, ¿no?

—No. ¿Por qué crees que nos hemos reunido aquí? ¿Todos juntos? ¿En este instante? ¿Piensas que tiene relación con algún tipo de milagro o energía divina?

—No. Mi madre es catequista. Y el cura le ha cedido la iglesia.

—Yo quise ser cura —confesó de repente.

—OK... —contesté yo, pasmada.

—Sí. Hubo una época en que quise dejar la música. Estaba agobiado y me puse en manos del Señor. Quería entregarle mi vida, pero el problema es que no podía. El deseo sexual, ya sabes, tuve que elegir. Soy muy respetuoso, siempre lo fui, pero la pulsión sexual estaba ahí. Tenía que hacer grandes esfuerzos por disociarme, ¿sabes?

—Sí, claro, supongo que lo entiendo. Sí, sí... —decía mientras intentaba ocultar la tensión que no paraba de crecer en mi interior.

—¡Es broma! —exclamó, para después hacer una pausa y reírse a carcajadas—. Pero lo del morbo, no. —Cortó las risas en seco—. El morbo de crear una banda sonora para apoyar a las mujeres libres... ¡Que vivan las brujas! ¡Benditas sean las brujas!

Se oyeron unos gritos en el exterior. Al salir, descubrimos que se trataba de una nueva disputa entre Fernanda y la Amante. Según Fernanda, la otra le había hecho un corte de manga desde el escenario mientras fingía que se rascaba la nariz.

—Siempre quieres lo que yo tengo, ¡toda la vida igual! —gritaba Fernanda.

—¡Tú eres la que no aceptas que no todo es propiedad tuya porque sí! —contestó la Amante.

—¡Se acabó! —gritó mi madre, separándolas—. ¡Las dos estáis dentro de la obra! Habrá un papel para cada una.

Km 100

—Mujer tenía que ser —dijo el de la grúa, que después de hora y media había llegado por fin a recogernos.

—Disculpe, compañero: mujer y policía. ¿Le importaría limitarse a subirse el pantalón, que se le ve la raja del culo, y a continuar su trabajo con normalidad?

—Disculpe, señora, era una broma.

—Ja-ja-ja… y ja —vaciló la policía siendo más indiscreta que nunca.

—Venga, continuemos con calma, ¿vale? Vamos a llevarnos bien, fiera.

12

Rosi, en su personaje de Inquilina 1, y unas cuantas de nosotras estábamos sentadas en los sofás del salón cuando Pipín, el Inquilino 5, se levantó de un salto y empezó a dar gritos:

—¡Quema! ¡Quema!

Inquilina 2 e Inquilina 3 se quedaron paralizadas. Rosi, en cambio, reaccionó. Cogió una escoba y empezó a dar golpes al sillón orejero en el que estaba sentado Pipín, pero el fuego no cesaba. Todo se llenaba de aquel humo que invadía nuestros pulmones.

—¡Han entrado en casa para hacernos arder! —gritaba desquiciada Amanda mientras bajaba la escalera de caracol junto con otras inquilinas.

Las llamas eran cada vez más altas y se extendían por el sofá.

—¡Todas fuera! No merece la pena, ¡no intentéis sofocarlo! —dijo al salir de la cocina la Amante, que hacía de Bruja Abuela 1.

Yo, en mi personaje de Inquilina 4, miraba inmóvil al fuego con un paño mojado en la boca; el resto huía a empujones. Cuando comprobé que no quedaba nadie dentro de la casa, salí.

—¿Quién puede haber hecho algo así? —preguntó la Amante, llorando.

—¡Han sido los del pueblo, siempre han querido vernos arder! —gritó Amanda en su personaje de Bruja Joven.

—¡Silencio!

Todas se me quedaron mirando, esperando a que proporcionara una explicación para lo sucedido.

—El fuego lo he provocado yo —confesé.

Se armó un enorme revuelo.

—Si la casa de las brujas arde, los rumores sobre la casa de las brujas arderán con ella. Debemos huir y hacer creer que ha sido cosa de la Iglesia.

Se había hecho el silencio. Mi madre, que hacía las veces de directora, interrumpió el ensayo de la obra:

—¿Bruja Abuela 2? ¿Dónde está Fernanda? Le toca intervenir.

—Creo que está fuera, grabando un vídeo para TikTok —comentó Amanda.

—Tranquilas, tiro yo su texto, que me lo sé —dijo la Amante.

—Vale, retomamos. Acabemos esta separata.

—Se lo he ordenado yo. Debemos irnos. Ya lo hemos hecho otras veces. Regresaremos dentro de doscientos años, cuando ya no quede ni un solo ser vivo de los que hoy habita este pue…

—A ver, tengo una duda —interrumpió esta vez Pipín—: si luego los del pueblo no encuentran los cuerpos, ¿por qué van a pensar que las brujas han muerto en el incendio?

—Pipín, de verdad, hay cosas que se sobrentienden. ¿Quieres concentrarte en tu personaje? —le riñó Rosi.

—No te preocupes, Rosi. La verdad es que es una buena aportación por parte de Pipín —confirmó mi madre.

#Exnoviobrocoli, que se había ofrecido voluntario para colaborar y ejercer de secretario de dirección, apuntaba lo que mi madre le iba dictando:

—Cogen algunos cuerpos del cementerio y los dejan dentro de la casa antes de quemarla para que, cuando los del pueblo rebusquen entre los escombros, encuentren los esqueletos.

—Porque en el año 1800 no había esto de que comprueban la dentadura en plan CSI. ¿Con eso valdría? —preguntó Rosi a Pipín.

—Tengo otra duda —insistió Pipín—: ¿Por qué en 1800 y no en 1900? Cien años ya son suficientes para que hayan muerto todos. Además, en esa época había epidemias y la esperanza de vida era menor.

—Bueno, imagínate que, por casualidad, quedara un vecino que viviera ciento uno —le rebatió Rosi.

—Ya, pero, si el día que se marchan las brujas él solo tiene un año, no se acordará de nada.

—Pipín, mira lo que te digo: por si acaso, para asegurarnos, sería mejor que todo ocurriera en el año 1700. Así, al transmitirse de generación en generación, se recordará como una leyenda, ¿verdad, Gelu? —buscó apoyo en mi madre.

—Verdad —confirmó mientras mi ex volvía a tomar nota.

—Bueno, vamos a hacer un pequeño descanso —corté yo.

—Marimar, aquí la que dirige soy yo, ¿vale?

Aquel proyecto era tanto de mi madre como mío. Pero a la hora de repartir las funciones, ella se había quedado con el puesto de directora. Como solo había dos votos, el suyo y el mío, había ganado el suyo y punto. Así que yo me dedicaba a acatar órdenes.

—Sí, señora —contesté.

—Marimar, ¿tienes algún problema?

—No, señora.

—OK. Tú sigue, hija, sigue.

A mi madre le sacaba de quicio que yo le hablara con lenguaje superformal, así que yo abusaba de eso en señal de protesta cuando algo no me gustaba.

—Bueno, ya que al final hemos parado el ensayo, ¿alguien puede ir a buscar a Fernanda?

—Voy yo. —Me ofrecí voluntaria. Necesitaba despejarme.

—Y trae al resto de las extras que hacen de brujas, por favor, que aquí falta gente.

De camino, oí unos ruidos raros en unos matorrales. En lugar de asomarme para ver de qué se trataba, como en los malditos guiones absurdos de las películas de miedo, apreté el paso. De repente, algo saltó de entre la maleza y eché a correr sin mirar atrás. Por el ruido estaba casi segura de que se trataba de una de esas ratas de campo, monísimas hasta que les ves la cola.

—¡¡Rataaaaaa!!

Interrumpí la clase de zumba que Fernanda había montado en el bar con las mujeres que faltaban.

—¡Que es Aceituna, niña! —Fernanda trató de tranquilizarme.

—¡¡Princesaaaaaa!! —gritaba como con retardo #Exnoviobrocoli, en modo rescate.

—Pues sí que llegas a tiempo, galán. Si hubiera sido un ataque real, no te quedaba ni un dedo de novia —comentó Fernanda.

—¡Que no es mi novio! Y tú, ¡no me llames así!

—Pero ¿no hemos vuelto?

—¡No! Y no soy tu princesa.

Él hizo como si no me hubiera escuchado y se puso a hablar con Fernanda.

—¿Qué estáis haciendo? ¿Zumba?

—Sí, es para el tikitoks. Estoy ofreciendo una avanzadilla de la obra, para que vayan sabiendo de qué va…

—Parece un musical, más que una obra de teatro.

—Es que, además de la cancioncita del Jonny ese, va a tener números musicales.

—Ah, no me había comentado nada mi madre —señalé yo.

—Ay, hija, eso es porque todavía no se lo he dicho. Pero que sepas que yo, como actriz protagonista, tengo derecho a intervenir en el texto.

Yo la miré extrañada, pero no dije nada al respecto, porque mi madre me había dejado muy claro quién era la directora. Para lo bueno y para lo malo.

—Bueno, a lo que venía, que ha dicho mi madre que tenéis que volver al ensayo.

—De acuerdo —me contestó Fernanda para después

dirigirse al resto—. ¡Damos por terminada la grabación, equipo! —Inició un aplauso que fue seguido por el «equipo» al completo.

—No, no, no… os venís conmigo todas. —Apareció Rosi por detrás—. Ahora vamos a por los decorados. Vamos a juntar unas mesas del comedor y pintaremos el mural.

—Pero si acaba de decir mi madre que…

—Tú déjame, chocho, que yo conozco a la Gelu y es la mejor decisión. Así los ensayos serán más realistas. Nos ayudará a meternos más en los personajes, en el ambiente… Todo va a ser más fácil.

Las mujeres la siguieron y #Exnoviobrocoli fue a informar de la situación a mi madre. Yo salí con Fernanda, que se fumaba un cigarro.

—Noto algo raro en el ambiente, ¿sabes?

—Yo es que tengo la intuición rota. No percibo nada en especial, la verdad.

—Es que llevas mucha sombra encima.

—¿Qué?

—Sí, mucho peso ajeno, mucha envidia de gente encima. A tu madre le pasa igual.

—¿No te estarás metiendo demasiado en el personaje de Bruja Abuela 2, Fernanda? Anda, déjame en paz.

—No, hija, no. Ya soy bastante bruja desde hace tiempo, y tú y tu madre también. Lo que os pasa es que no os atrevéis a abrir el tercer ojo. En fin, voy a ayudar con el decorado —dijo y se dirigió a la entrada de la cocina acompañada por Aceituna.

Me quedé con una nueva rallada monumental encima y decidí entrar corriendo en la casa para no estar sola. Al pasar junto a los matorrales, oí otra vez un ruido. Si unos minutos antes me había parecido que una rata me atacaba, en ese momento, por culpa de Fernanda, me entró la paranoia de que un espíritu o algo satánico se activaba atraído por mi presencia.

Al llegar junto a mi madre, decidí no decirle nada por miedo a que aquello fuera la gota que colmaba el vaso y me enviara directa al psiquiátrico.

—Y el resto, ¿dónde están?

—Se han ido a pintar el decorado —le expliqué.

—Pero ¿quién lo ha decidido?

—Rosi y Fernanda.

—Ah, vale. De todos modos, dentro también hemos acordado que nos tomábamos un descanso, que Amanda está exhausta.

#Exnoviobrocoli apareció en ese momento, otra vez al trote.

—Venía yo a avisar —dijo entre jadeos—, pero me ha entretenido otro problemilla...

—Marimar, encárgate tú de los problemillas y de ir colgando las cruces del revés en la lámpara del salón. Yo mientras tanto voy a echar un ojo al otro grupo. El resto id pintando la barandilla y los marcos de los cuadros con la pintura negra.

—Están en la capilla, Marimar, donde la misa del día que nos conocimos —especificó Pipín—. Yo me quedo con este, vamos a repasar los fallitos de guion. —Señaló a #Exnoviobrocoli.

—Marimar, lo de los problemillas. Que ha dicho tu madre que lo hablara contigo —insistió mi ex.

—Luego, luego, ahora volvemos. Amanda, acompáñame. —La arrastré conmigo por el pasillo—. Tía, tengo que contarte algo...

La luz de la bombilla empezó a parpadear.

—... ¡Joder, joder!, esto es más grave de lo que pensaba. Creo que soy yo la que provoca que la bombilla falle. ¡Es por mi mala energía!

—Sí, como siempre, Marimar: tus paranoias. Bueno, y entonces ¿qué te parece? ¿Crees que Jonny y yo llegaremos a algo en plan superserio? —soltó Amanda mientras ignoraba mi ataque de histeria.

—No, la verdad es que no. Creo que estás con él por interés. Ni siquiera tienes claro si te gusta o solo estás buscando que alguien te salve.

—Como si tú no estuvieras haciendo lo mismo con tu futuro maridito.

—Que no es mi futuro maridito. Además, yo lo dejé porque no me hacía ni puto caso y ahora ha venido a buscarme porque mi madre lo ha manipulado. Ni siquiera me quiere, en realidad; nunca me ha querido, ¿lo entiendes? Mi madre se encarga de mover los hilos de mi vida y me dice a todas horas lo que tengo o no tengo que hacer. ¿No te das cuenta de que os deja ir a vuestro aire a todos menos a mí? —Sin contener las lágrimas, me puse a cantar: «*Alabaré, alabaré, alabaré, alabaré, alaaabarééé a mi Señooor...*». Como si eso fuera a protegernos de algo.

—Bueno, bueno, tranquila. ¡Es verdad que tienes como muy mala energía!

Al oír sus palabras, lloré más aún.

—Joder, Amanda, que puede que esté poseída.

—¡Qué vas a estar poseída! ¿Tú te crees que estando yo aquí, con todas las que he liado en mi vida, el demonio se iba a meter antes dentro de ti? Deja de decir tonterías y vamos, anda.

La bombilla explotó y Amanda también se asustó. Las dos salimos de la casa corriendo. En el patio nos encontramos a todo el mundo en corro, rodeando a mi madre y al cura. Mi ex se acercó:

—Este es el problemilla del que quería hablarte antes, Marimar. Lo he pillado espiando, escondido entre los matorrales. Cuando me he dado cuenta de que era el cura, no he sabido qué hacer.

El cura parecía muy enfadado con mi madre.

—¿Algún motivo por el que debas permanecer en el puesto de catequista? ¿Algo que alegar en tu defensa tras la sarta de sacrilegios que se están cometiendo aquí, Gelu?

—No. Es más, renuncio yo. Tengo dos opciones: abandonar un barco que se hunde —dijo en referencia a la parroquia— o quedarme y ayudar a reflotarlo. Pero ya no puedo más. ¡Adiós!

—Está harta de gestionarlo todo y de que tú te laves las manos como si nada. ¡Que eres un envidioso! En realidad, tú no ayudas a nadie, solo quieres súbditos. Te metiste a cura por afán de poder y protagonismo —atacó Fernanda.

—¡Jesús! ¡Me voy de aquí! Entre esta mujer y tu hija te están haciendo perder los papeles. —El sacerdote nos miró, a Fernanda y a mí, y se santiguó.

—Lo que pasa es que estoy espabilando y he aprendido a poner límites como lo hacen ellas. Y, por cierto, ¡tu manera de interpretar la religión no tiene nada que ver con la nuestra! ¡Dios nos acoge a todos por igual y algún día las mujeres serán curas! —le gritó mi madre mientras se alejaba.

—¿Lo ves, niña? La intuición nunca me falla —me reprochó Fernanda.

Yo preferí no darle más vueltas.

Km 75

—Menudas revolucionarias. Esto es como cuando me toca currar en las típicas manifestaciones de las que estoy a favor. Como policía tienes que mantenerte neutral, y te mantienes, ¿eh? Pero te encanta verlo, se te pone la piel de gallina.

—Sí, a veces no queda otro remedio que protestar cuando te pasan por encima y sobrepasan tus límites.

—Calladitas...

—... ¡¡¡no estar más guapas!!! —completó el alemán dando un gritito.

13

Desde el último percance, el grupo se había dividido. La Amante y algunas de las extras habían abandonado la obra siguiendo el camino del párroco, pero la mayoría del grupo continuó adelante.

Mi madre y yo nos escapamos de los ensayos y fuimos a comprar telas. Entramos en una de esas tiendas de toda la vida, que conocíamos bien porque ofrecía una calidad inmejorable. Mientras mi madre se encargaba de elegir los estampados para el vestuario, yo, de forma inconsciente, acabé en el pasillo de las telas de cuadros. Antes de empezar el curso, cada agosto hasta que cumplí los ocho, veníamos a esta tienda y comprábamos la tela para confeccionar los babis de aquel año.

—Marimar, ¿dónde estás? —me llamó mi madre.

—¡Voy! —arranqué un cachito de tela del muestrario,

la que más me recordaba a mi infancia, y me lo guardé en el bolsillo como recuerdo.

—Dios mío, traes la misma cara que cuando eras pequeña —dijo al verme el dependiente de la tienda.

—Sí, y tiene treinta y cuatro ya, fíjese.

—Treinta y tres, mamá, treinta y tres. De verdad, siempre estamos igual…

—Bueno, hija, de verdad, que tampoco pasa nada.

—Sí pasa, que con treinta y cuatro igual tengo ya que plantearme si quiero congelar óvulos, por ejemplo.

—Anda, qué mayor ya —interrumpió el señor—. Si tu abuela te viera, Dios mío. Estás alta, ¿eh? Ni tacones te hacen falta.

—No, pero me gusta ponérmelos.

—Llevar tacones siendo tan alta queda ordinario —soltó el anciano y nos dejó perplejas a mi madre y a mí.

—Yo es que soy muy ordinaria y muy alta. Y usted es muy bajito y muy…

—¿Las telas de fantasía? —preguntó mi madre para cambiar de tema.

—En la planta de abajo, acompañadme.

—Telas de brillo, de satén, lentejuelas, pedrería, con volantes… —exponía el hombre mientras colocaba unos rollos encima de otros—. ¿Látex?

—¡Látex, no! —Nos alejamos mi madre y yo a la vez.

—¿Eres alérgica?

—Soy alérgica. ¿Tú también?

—Yo también.

—OK. ¿Cómo puedo estar enterándome a estas alturas?

—Bueno, la verdad es que no has sido la típica madre que compra a su hija condones.

—La verdad es que no. Tampoco los he comprado para mí. Sé lo del látex por los guantes de fregar.

—Pero ¿entonces papá y tú no…?

—Papá y yo no… Solo nos hemos acostado un par de veces, para teneros a vosotras. Cuatro o cinco a lo sumo. Tu hermana tardó en llegar. A ver, estas son para el dragón. Esta verde con destellos ¿qué te parece? —preguntó mi madre en un nuevo cambio de tema.

—Lo que tú digas —respondí aún perpleja.

—Al final vas a ser tú la que menos opine sobre los detalles de la obra. ¿Te has dado cuenta? Siempre aparece alguien que quiere dirigir por mí.

—Sí, sí, me he dado cuenta…, pero yo soy la única a la que echas la bronca.

—Bueno, hija, la confianza a veces da asco. Estoy bastante harta: creo que voy a empezar a fluir, como decís los jóvenes. Te espero fuera fumando.

—Pero, entonces, ¿has vuelto al tabaco definitivamente?

Mi madre subió las escaleras sin contestar.

—La verdad es que, para trajes de bruja, esta me parece la más adecuada —dijo el señor sonriente mientras cortaba una tela azul fosforito—. Cuida mucho a tu madre, siempre se supo que estaba mal de la cabeza. —Al parecer, había escuchado toda la conversación.

Yo me quedé unos segundos pensativa y contesté:

—Sí, es duro. Por cierto, estaba esperando a que se fuera para comentarle que antes se ha orinado en el pasillo de los botones y las plumas. No he podido controlarla, disculpe.

—Dios, voy a por la fregona antes de que agarre el olor. No sabía que estaba tan demente.

Cuando desapareció, cogí la tela y me la metí en el bolso con la intención de salir corriendo. No había dado ni un paso cuando me invadió la culpa. Saqué dos billetes de cincuenta euros de la cartera y los dejé sobre la mesa.

—¡Le dejo aquí dinero, quédese con el cambio! —grité.

—Mamá, ya la tengo —dije ya en la calle.

—¿Azul fosforito? ¿Para unos trajes de bruja? Este tío es gilipollas.

Creo que era la primera vez que oía a mi madre decir una palabra malsonante.

—Sí, una elección de puta mierda —me animé yo también.

—Bueno… ¿Quieres ir al Patio del Manzano antes de volver?

—¿Qué es eso?

—Donde yo vivía de pequeña.

—Pero ¿no habías vivido siempre en nuestro pueblo?

—No, pasé mi infancia y juventud allí, hasta que se murió mi madre, y luego ya me fui. A mi padre ni siquiera lo conocí, murió cuando mi madre estaba embarazada. Al principio pensaron que había contraído el tétanos al cortarse con una lata de atún, pero no tardaron en descubrir que era cáncer. Por eso tampoco tengo hermanos.

Tomamos un camino que atravesaba un bosque de eucaliptos y que lindaba con un riachuelo.

—Qué bonitos son estos árboles.

—Lo malo es que son una especie invasora que deja los terrenos secos. Este riachuelo antes era un río bastante caudaloso y nos podíamos bañar.

—Como los loritos verdes que hay por Madrid, que son una especie invasora.

—No tengo ni idea.

—O el consumo masivo de carne, la contaminación, los ovnis… Hay tanto sobre lo que no sabemos. Qué difícil es ser adulta.

—Qué difícil es ser buena persona.

—Qué difícil es ser hija.

—Qué difícil es ser madre.

Mientras hablábamos, llegamos a un patio empedrado con una ermita en el centro.

—Esta es la plaza donde nos traían a jugar las monjas de pequeñas. Me tenían frita.

—¿Por qué?

—Porque eran muy estrictas. Eso sí que era un régimen dictatorial y no lo mío, tanto que te quejas. Ni depilarnos nos dejaban. Ahora lucháis por no tener que ir depiladas y antes luchábamos por depilarnos si nos daba la gana. Bueno, y ya ni te cuento lo del maquillaje y todo lo demás. Todo era pecado y estar desviada, qué cosas...

—Bueno, a mí tampoco me dejabas maquillarme, mamá.

—Ya, hija, cuando ibas a sexto de primaria. Esto mío era con dieciséis o diecisiete años.

—Bueno, al final todo tiene que ver con la libertad.

—Es muy difícil educar, Marimar, yo lo he hecho lo mejor que he podido. Siempre has sido un demonio.

—Y tú, según el de las telas, una loca.

—¿Eso te ha dicho?

—Sí.

—Bueno, lo cierto es que somos bastante intensas. Necesitamos un manual de instrucciones.

—Y la abuela ¿era estricta?

—Si te digo la verdad, no pasé mucho tiempo con ella. Iba siempre de luto, apenas salía de casa. Total, que me crie con las monjas. Y después me fui al pueblo de tu padre, que era más grande que este. Bueno, allí le conocí y nos casamos. Y tú ¿te vas a casar con el pan sin sal ese o no?

—La verdad es que no sé qué hacer. Sé que piensas que es lo mejor para mí y, bueno, me sorprende cada día más, se está esforzando. Es buen chico, pero no sé si me planteo volver con él porque lo quiero, por dependencia emocional o por no estar sola. Mamá, quiero ser moderna.

—Pero ¿a qué llamas ser moderna?

—Pues a que quiero ser libre y tomar mis propias decisiones sin tener miedo, sin estar condicionada por las creencias impuestas y lo que se supone que es correcto y no es correcto. Quiero sentirme libre para ser yo misma sin importarme lo que piensen de mí los demás. No quiero que me pase lo mismo que a ti, mamá.

Al entrar en la ermita notamos un importante descenso de la temperatura. Mi madre se acercó a la pila bautismal y yo la seguí.

—Me apetece raparme la cabeza e ingresar en un monasterio budista —continué.

—O puedes leer el libro *El monje que vendió su Ferrari*, apuntarte a clases de yoga y asistir a terapia de manera regular —se rio.

Al lado de la pila bautismal había un banquito donde decidimos sentarnos.

—Quiero dejar de sentirme culpable por todo y dejar de pedir perdón. Quiero quitarme las sombras de encima, y sentirme normal. No quiero seguir sintiendo esta frustración, como si no cumpliera con lo que se espera de mí, como si estuviera decepcionando a todo el mundo continuamente. Quiero poder aprender equivocándome, pero de mis propios errores. No quiero seguir...

—¿No querrás suicidarte?

—¡No! —reí.

—Vamos a hacer algo, vamos a hacer que la culpa se suicide. Como en la oración del *Yo confieso*, la de «por mi culpa, por mi culpa, por mi grandísima culpa», pero al revés.

Mi madre cogió un pañuelito que tenía en el bolso, lo echó en la pila bautismal y le prendió fuego con su mechero.

—Tira al fuego todo lo que te haga sentir culpable. Venga, sin juzgar —añadió. Yo empecé a hablar sin pensármelo dos veces:

—Mi profesora de música en segundo de la ESO me dijo que era la peor persona que había conocido, cuando lo único que hacía yo era hablar en clase: ¿por qué me dijo eso? Por su culpa pensé que era mala persona durante toda mi adolescencia. Hay días que no puedo ni mirarme al espejo, y cada vez que veo un pelirrojo me entran ganas de echar la lotería: creo que tengo principio de ludopatía. A veces critico a mis amigos con otros amigos, creo que soy mucho mejor de ex que de novia y he mentido hace un rato a un señor mayor, a riesgo de provocarle un infarto, por vengar a mi madre.

—Vamos a ir a la cárcel —reaccionó mi madre al escuchar mi última frase.

—Hemos dicho «sin juzgar».

—Vale, me toca —dijo mi madre—. A veces odio tener familia porque me hacen débil, quereros me hace débil. Y yo no puedo… Está bien, tengo ansiedad porque si me dieran la oportunidad de borraros de mi mente, de olvidaros a todos, sería más feliz, me sentiría más libre. Os echaría de menos, pero a la vez no lo haría porque no tendría memoria. Aunque, en el fondo, sé que os echaría de menos, como cuando en una peli la gente sufre amnesia de repente y va recuperando la memoria.

—Joder, mamá —me dio la risa.

—¿No habíamos dicho «sin juzgar»? —rio también.

Km 50

—Yo una vez fui a un club de intercambio. Bueno, una no, varias… —rio la policía discreta—. Era mi primer año en Madrid y la verdad es que fue mucho mejor de lo que me esperaba. Veía a mis amigos gais ir a la sauna y decía, joder, yo quiero vivir esa experiencia, con esa libertad.

—Te admiro, pero yo no sería capaz —dije.

—Yo ser capaz *many times* —apuntó el alemán—. Pero verdad que en el mundo gay ser más *usually*.

—Sí, aunque también te digo que yo me pasé de rosca. Un día empecé a darme cuenta de que el sexo era como una droga más. Me estaba apartando de todo y de todos. Lo grave no era dejar de conocer a alguien especial, sino perderme a mí misma.

14

Llegó la víspera de la representación. Habíamos introducido algunas reestructuraciones: le dimos al guion un punto más *creepy*, arriesgamos más con el vestuario y rediseñamos un decorado que nos había quedado tan sádico que resultaba hasta cómico. Mi madre trabajaba con Fernanda en algunos detalles de las redes sociales y yo le sustituía en el puesto de dirección durante los ensayos generales. Al finalizar, a eso de las cinco de la tarde, unos cuantos nos quedamos dando los últimos retoques en el decorado. En un huerto abandonado que tenían Rosi y Pipín, estábamos terminando de recrear un cementerio.

—La canción con rollo ochentero ha quedado que flipas, ¿verdad? —preguntó Jonny.

—Sí, sí, me ha gustado mucho —mentí. Me parecía

bastante simple, pero estaba segura de que, solo por haberla compuesto un famoso, iba a funcionar.

—Lo sabía.

—¿Cómo lo sabías? —preguntó mi ex.

—Porque la estética de los decorados se parece a una casa americana en Halloween. —Jonny se rio.

—La verdad es que sí, y mira que se supone que la historia está ambientada en el año 1800, pero nos gustaba más así —aclaré—. Dios, si pudierais elegir una época en la que vivir, ¿no serían los ochenta? Por la estética, la música, lo de la ausencia de internet...

—¿Vivir sin internet? ¿Y no poder teletrabajar? No sé. Pero bueno, si te gusta, lo haría por ti, prince... perdón. —dijo #Exnoviobrocoli.

—Bueno, lo malo sería que volveríamos a una época bastante machista y homófoba —añadió el cantante.

—Y no tendríamos los avances médicos de ahora —añadió Pipín—. Por ejemplo, yo estaría muerto.

Nos lo quedamos mirando sin saber si era un chiste o lo decía en serio.

—Bueno, tengo VIH.

—Pero ¿eso no es sida? —pregunté preocupada.

—No, o sea, llegaría a ser sida si no fuera por la medicación. Al tomarla con regularidad, la carga viral es indetectable y, por lo tanto, no puedo transmitirla.

Se hizo un silencio incómodo que rompí intentando normalizar las cosas:

—Pues nada, nos quedamos en la época en que estamos y ya está.

—Efectivamente. Además, tampoco tendríamos la opción de montarnos en una máquina del tiempo y volver —zanjó mi ex.

—¿Volver adónde? —preguntó Fernanda, que estaba unos metros apartada—. Estáis chalados, a mí que no me quiten el tikitoks, con la de foloueres que tengo. Por cierto, ya tenemos los datos de la convocatoria, nos han aceptado.

—¿Dónde? —pregunté sorprendida.

—En un concurso en el que, si ganamos, nos ofrecen una beca para llevar a cabo el proyecto en formato audiovisual —explicó.

—¿Qué? —No podía creerlo.

—Sí, sí —completaba la noticia mi madre por detrás. Mañana tenemos que grabar bien toda la representación, con el público y tal, y a ver qué nos dicen…

Empezamos todos a aplaudir.

—¡Olééé! —grité yo.

—¡Olééé! —replicó el grito mi ex, que acabó por ponerme histérica de tanto peloteo—. ¿Qué te pasa, gordi?

—Me pasa que te comportas como un fan. ¡Y que no soporto que me llames gordiiiiiiiii!

—Pero ¿no era princesa?

—Tampoco ningún tipo de diminutivo, joder.

—Vale, vale. Pero en lo de fan te estás confundiendo. Yo no soy fan del Jonny este.

—De mí, hijo, de mí.

—Ah. No entiendo por qué dices eso —se excusó.

—Siempre me das la razón, buscas la aprobación constante. No sé, suena falso, Rick.

—¿Cómo que Rick?

—Es una referencia a unos dibujos animados, da igual.

—No, no da igual, seguro que son geniales —dijo con una sonrisa complaciente.

—¿Ves? Otra vez. Pareces un robot diseñado por mi madre y programado por Google para saber cómo se tienen que relacionar las personas con diferentes tipos de apegos. ¡Menuda chapa!

—Es que nada te parece bien. Intento hacer todo lo que puedo para recuperarte, pero no me lo pones nada fácil. Es frustrante. ¿Quieres que me vaya?

—No lo sé. Lo siento, de verdad, es que no quiero ser una mala persona —traté de disculparme.

—Pero, entonces, ¿por qué no me dices que me vaya, sin más?

—Porque algo dentro de mí quiere que te quedes, pero no sé si es amor o dependencia emocional.

La situación me estaba superando, así que fui a buscar la ayuda de una copa de vino. Entré en el bar y caminé por detrás de la barra hasta la cocina para evitar el contacto social.

—Rosi, si aparece alguien, no le digas que estoy aquí, ¿vale?

—Vale.

Mi ex entró en el bar al instante.

—Rosi, ¿has visto a Marimar? —preguntó #Exnoviobrocoli.

—Está en la cocina.

—¡Rosi! —le reproché.

—Hija, pensaba que te referías a desconocidos. Mira, a mí no me metáis en vuestros líos.

—Perdona, Rosi, tienes razón —dijo mi ex—. ¿Me puedes poner un zumo de piña mientras espero a que la niñata esta se digne tener una conversación de adultos conmigo?

—¡Niñato, tú!, que te has pedido un maldito zumo de piña. Eres un ridículo.

—Rosi, échale Malibú —exigió, como si estuviera haciendo algo loquísimo.

—Dios, eso es aún más ridículo. Es lo que bebíamos cuando teníamos trece años —me burlé.

—Chicos, creo que os dejo solos. Además, me da a mí que hoy ya no va a venir nadie más. Me voy detrás a ayudar con el decorado —aclaró Rosi y se quitó de en medio.

Pasaron más de diez minutos. Yo, en la cocina, y #Exnoviobrocoli, en la barra. Se me acabó el vino y salí de allí para servirme otra copa mientras miraba a mi ex fijamente, sin decir una sola palabra. Él me sostenía la mirada, con aquel cubata de preadolescente en la mano, prácticamente lleno. Me volví a la cocina y, al terminar la segunda copa, hice otro viaje a la barra. Esta vez, mi ex se acabó el cubata de un solo trago y se sirvió un chupito de una botella de tequila que había traído Jonny de México, una de esas que llevan un gusano dentro.

—No nos mires, únete —dijo mi ex al ver que Jonny entraba por la puerta.

—No, gracias, quiero estar a tope para mañana.

—Pero ¿no eres tan chupiguay? Pensaba que los chupiguays no erais tan responsables.

—Solo venía a avisar a Marimar de que ya hemos terminado con el cementerio y nos marchamos. Me ha dado Rosi las llaves, os las he dejado puestas para que cerréis, ¿vale?

—Espera, Jonny, la verdad es que yo también me voy —anuncié—. Y tú también deberías —advertí a mi ex.

—No, yo me quedo. Gracias.

—Pero ¿cómo vas a quedarte aquí solo, criptobro? Venga, vamos… —le dijo Jonny.

—¿Cómo que criptobro?

Mi ex salió enfurecido de detrás de la barra, directo hacia Jonny.

—Basta —me metí en medio.

—Voy yendo al coche, Marimar. —Cedió Jonny—. Si quieres, te llevo. Este que haga lo que quiera.

—Tranqui, me quedo con él —reflexioné—. Lo cierto es que tenemos una conversación pendiente.

Jonny quiso marcharse, pero se dio cuenta de que la puerta estaba bloqueada.

—Déjame a mí —dijo mi ex apartándole.

Yo observaba cómo se turnaban para intentar abrir la puerta con todas sus fuerzas.

—Creo que ya sé lo que pasa —dije después de disfrutar de aquel circo durante unos minutos. De hecho, lo sabía desde el principio—: Jonny, has dicho antes que has dejado las llaves puestas por fuera, ¿no?

—Mierda, es verdad. Entonces ¿qué hacemos?

—Pues llamamos por teléfono —dijo mi ex.

—Aquí no hay cobertura. No sé. ¿Queréis cantar? Están los micros del karaoke —añadí.

—¿Cómo nos vamos a poner a cantar ahora? —dijo Jonny.

—Yo no canto nada bien, ya sabes que no me gustan estas cosas —añadió mi ex.

—Oh, parece que alguien ha dejado de actuar por fin como un fan —vacilé a mi ex.

—¿Fans? ¿Dónde? —Se puso nervioso Jonny.

—Que no, que se refiere a que yo soy fan de ella. Da igual, me voy a servir más tequila de gusano.

—Cuidado, criptobro, que ese tequila es duro.

—Te reto a ver quién es más duro de los dos —respondió mi ex.

—Acepto el reto.

—Participo. —Me uní yo.

Nos sentamos en una mesa con tres vasos de chupito delante, la botella del gusano en el centro y una baraja de cartas.

—¿Par o impar? —pregunté mientras barajaba.

—Par —dijo Jonny.

—Dos de bastos. Bebes.

—Impar —dijo mi ex.

—Seis de espadas. No bebes.

—Me aburro, así casi no bebemos. No me gusta este juego.

—OK, ¿y a qué quieres jugar?

—Al juego del yo nunca.

—¡Vale! —contestamos Jonny y yo al unísono.

—Yo nunca he querido casarme con una chica, me he mudado a cuatrocientos kilómetros por ella y solo obtengo el silencio por respuesta —dijo mi ex para después beberse su chupito de golpe.

—OK... —Puse los ojos en blanco y seguí con mi frase—: Yo nunca me he masturbado más de tres veces en un día. —Bebimos los tres riendo.

—Yo nunca he mentido para conseguir un trabajo —dijo Jonny, mientras se me quedaba mirando fijamente.

—Lo de Asia —le dije después de beber.

—Siempre lo he sabido —sonrió Jonny, cómplice.

—Pero ¿y por qué nunca me dijiste nada?

—Quería ver hasta dónde llegabas.

—Yo nunca he deseado a alguien del mismo sexo —saltó mi ex—. ¿He dicho eso en voz alta? No sé qué me está pasando —empezó a darle un ataque de risa.

—Es el suero de la verdad. Si tomas este tequila, empiezas y no puedes parar —confirmó Jonny mientras bebía.

Yo bebí también.

—Yo nunca he querido hacer un trío —dije.

Bebimos los tres.

Km 25

—¡Qué fuerte, el precio que pagar por fama! —dijo el alemán.

—No. ¡Lo que es fuerte es que estuvierais los tres! —añadió la policía discreta.

—Una vez yo enamorarme de mejor amigo de mi novio.

—Y ¿lo dejaste?

—No, también quería estar con él. Quería que nosotros ser trieja. No salió bien, pero el trío me lo llevé.

14

Poco a poco recuperé la consciencia con tal resaca que me costaba respirar. Abrí los ojos, pero no veía absolutamente nada, estaba todo a oscuras. De pronto, escuché una respiración a mi lado y me vino ese olor a Bleu de Chanel, el perfume de Jonny. Intenté levantarme, pero me di un golpe en la cabeza. Estábamos encerrados en algún sitio.

Nerviosa, zarandeé al cantante.

—¿Qué pasa? —preguntó al despertar.

—¡Que estamos encerrados! —respondí.

—Joder, joder... ¡Nos han raptado! —gritó Jonny entrando en pánico.

—¿Qué vamos a hacer ahora?

—Tranquila, tenemos que seguir un protocolo específico. Tú respira conmigo y haz exactamente lo que yo te diga.

—¡Aaaaaah! —empecé a gritar sin poder contenerme.

—¡Aaaaaah! —se unió él, mientras pateábamos la tapa de madera que teníamos encima, que finalmente cedió y se abrió.

—¡Zombiiis! —gritó #Exnoviobrocoli, que rodaba por el huerto, confundido, como si estuviera viviendo una pesadilla.

Al levantarnos, nos dimos cuenta de que Jonny y yo estábamos dentro de uno de los ataúdes de la decoración del cementerio y de que mi ex, sentado justo encima, nos había estado bloqueando la salida.

—Pero ¿qué hacemos aquí? —preguntó Jonny.

—No me acuerdo de absolutamente nada —contesté.

—Yo tampoco —dijo mi ex.

—Lo último que recuerdo es… bueno… lo del trío —continué.

—No hemos hecho ningún trío, estamos vestidos —dijo #Exnoviobrocoli, histérico.

Jonny se quedó mirando su móvil y, de repente, empezó a hiperventilar.

—Joder. —Jonny giró la pantalla hacia nosotros.

—Nos han grabado, hemos salido en las noticias de todo México: «Las locas vacaciones de Jonny Malony en el norte de España».

En el vídeo podía apreciarse cómo Jonny salía por un

ventanuco del bar y conseguía abrir la puerta. Luego corríamos como las cabras por el césped, persiguiéndonos unos a otros sin sentido, y acabábamos en el huerto. Al fin, recordé algo vagamente. Nos habíamos metido en al ataúd para jugar al siete minutos en el armario, en versión *creepy*, ese típico juego de las películas americanas en el que los adolescentes se dan sus primeros besos. Nosotros debimos de quedarnos dormidos al cabo de un rato.

Aparecieron entonces Amanda, mi madre y Fernanda.

—Pero ¿qué hacéis? —dijo mi madre.

—Hemos venido antes para acabar la decoración del cementerio —contesté yo.

—Pero si la acabamos ayer.

—Para acabar de acabar —especifiqué.

—Bueno, bueno. Vamos tirando pa' dentro, locatis —contestó Fernanda, cómplice, que nos miraba con cara de haber visto toda nuestra aventura en TikTok.

—Mierda, espera un segundo —avancé hacia Amanda, que continuó en dirección a la casa sin decir ni una sola palabra.

—Para mierda tu cara —me respondió algo tensa—, aunque la parte buena es que te va con el personaje. A ver, ¿qué?

—Bueno, pues, que ayer, no estoy segura si...

—Si tiene que ver con Jonny, no me importa. Desde el

principio supe que la que le gustaba eras tú. Además, que ni siquiera es mi tipo, en realidad.

—Espera, Amanda —le corté para rectificar en cuanto procesé la información—. Un momento, ¿qué?

—Lo que oyes. Mi personaje en la obra me ha hecho meditar. Cree que es mejor quedarse con uno de los campesinos del pueblo, mendigarle amor, quedarse y cuidar de su verdadera red de seguridad, su familia, su clan, sus amigas, ¿sabes?

—Sí, sí, lo he escrito yo. —«Y aposta, porque está absolutamente inspirado en ti», pensé.

—Pues eso, que la que va a seguir gastando toda su energía en el amor serás tú, no yo.

Mientras reflexionaba sobre la frase que me había soltado Amanda, Fernanda me hacía gestos para que me acercara a ella. Había empezado a grabar un vídeo para el concurso y quería hacerme algunas preguntas.

—Bueno, aquí tenemos a una de las creadoras. Cuéntanos, Marimar, ¿por qué quieres ganar el concurso?

—Quiero ganar el concurso porque... —la frase de Amanda no paraba de dar vueltas en mi cabeza y me impedía hablar como una adulta funcional—. Yo quiero ganar...

Como Fernanda se puso a hacer unos ruiditos insoportables con la boca, que imitaban un redoble de tambores para crear tensión dramática, y me duchaba de baba en plan aspersor, me decidí a cortar aquello con lo primero que me pasó por la cabeza:

—Quiero ganar el concurso porque en mi vida no me he esforzado en nada tanto como en esto. Solo en el amor, y del amor no se vive, así que ya no dedicaré mi energía al amor sino a lo que me apasione —dije bien alto para que me escuchara Amanda.

Llegaron los primeros espectadores, mi hermana y mi cuñado entre ellos. Mi padre apareció también, por sorpresa. Mi madre, al verlo, siguió dando las últimas indicaciones a algunos de los actores. Me acerqué yo a saludarlo:

—Papá, ¿qué haces tú aquí?

—Pues he venido a ayudar, hija.

—Pero ¿mamá lo sabía? ¿Te lo ha pedido ella?

—No, he venido y ya está. Solo quiero ayudar. Dime qué puedo hacer.

—Si quieres, puedes ir pidiendo las entradas a la gente. Infórmales de que la obra es una especie de tour en el que permanecerán de pie e irán cambiando de sala para disfrutar de pequeñas representaciones. Esperamos a unas treinta personas, que entrarán en tres grupos de diez. Toma un cesto, puedes echarlas aquí. Gracias, papá.

—De nada, hija. —Me tocó el dedo meñique como una

de las mayores muestras de cariño que me había dado en su vida.

Yo me dirigí a la habitación de mi bruja y me vestí lo más rápido que pude. Quería tumbarme un ratito y recuperarme del resacón que llevaba encima. Cuando la música empezó a sonar, calculé que tenía unos quince minutos hasta que llegaran a mi habitación.

—¡Marimar! —dijo Jonny interrumpiendo mi descanso.

—Dios, ¿qué? —pregunté alarmada.

—¿Llamaste tú a la prensa para tener más visibilidad y así ganar el concurso?

—¡No! —respondí tajante.

—Dime la verdad, que ya me mentiste una vez. Me han confirmado que fue un chivatazo —insistió.

—Que no, de verdad.

—Joder, estoy enamorado de ti, Marimar. ¿Por qué me has hecho esto? —confesó Jonny.

—Pero ¿cómo? —pregunté en estado de shock.

—Pues habrá sido Amanda, que está celosa —soltó Jonny.

—Pero si acabo de hablar con ella y me ha dicho que…

En ese momento apareció mi ex por detrás.

—Fui yo, ayer les llamé para decir que estabas aquí —confesó—. Solo quería que así tuvieras que huir. No quería que pasara esto, que nos volviéramos virales haciendo el ridículo…

—Joder… —Jonny salió de la habitación.

—¿Y ahora qué vas a hacer? —me preguntó #Exnoviobrocoli.

—¿Qué voy a hacer de qué? —respondí desconcertada.

—Acabo de oír que este está enamorado de ti.

—Ahora no es el momento para hablar de eso, que me va a explotar la cabeza.

—Bueno, lo siento, solo venía a decirte que me voy del pueblo en cuanto termine la obra. Pero antes, quería intentarlo una vez más.

#Exnoviobrocoli se puso de rodillas y volvió a desenfundar el anillo de compromiso.

Justo en ese momento apareció Fernanda, que era la encargada de guiar al público mientras lo grababa todo. Me quedé completamente en blanco. Tenía en mi escenario a un tío arrodillado y con un anillo en la mano, así que improvisé y lo primero que me vino a la cabeza fue arrancarme con la canción de *Frozen*: «¡Libre soooy, libre soooy, libertad sin vuelta atráááás…!». Fernanda, por suerte, al contemplar semejante cuadro, tiró del grupo hacia la siguiente habitación.

—Voy a por un vaso de agua —dije. Por segunda vez,

así quedó mi ex: con la rodilla hincada y sin respuesta alguna.

Por el camino escuché a alguien que lloraba en la habitación de los personajes de Pipín y Rosi.

—Pero ¿qué pasa? —Me asomé y vi que se trataba de mi madre. Pipín y Rosi la consolaban.

—Que tu padre ha venido a ayudar —me contestó sollozando.

—Ya, le he visto antes. ¿Lo está haciendo mal o qué? ¿Por qué lloras?

—No, hija, no. Es la primera vez que, en veinticinco años de matrimonio, me ayuda sin que yo se lo pida: estoy emocionada. Y a ti, ¿qué te ha pasado? Porque ¡menuda cara traes!

—Le habrá sentado mal la sopa de serpiente —dijo Rosi en tono declamado.

—Rosi, ¿estás bien? Creo que se te ha subido el personaje a la cabeza.

—Lo que tú digas, Anacleta —continuó Rosi, improvisando. Me hacía señales para que me diera cuenta de que otro grupo de público estaba justo detrás de mí.

—Cierto…, debería tener más cuidado con las… ¿pociones?

—¡Aaah! —gritó Fernanda de repente—. Me he quedado sin batería.

—Cosas de humanos —afirmé. Agarré a mi madre del brazo, salimos de la habitación y buscamos un rincón donde no nos viera nadie.

—Mamá, todo es un desastre.

—Lo sé. Sin el móvil operativo ya hemos perdido el concurso y todos están improvisando porque no se acuerdan del texto. Hasta una bruja se ha torcido el tobillo.

—Bueno, hay que darlo todo hasta el final. Terminaremos las representaciones y luego ya veremos. Nos lo merecemos. Así que, coge un guion y vete a apuntarle el texto a quien se le olvide. ¡Vamos!

Lo cierto es que estaba sorprendentemente tranquila. Supongo que es lo bueno de haber gestionado tantas situaciones catastróficas imaginarias: estaba entrenada para lo peor.

Llegó el final de la función, cuando se juntaban las treinta personas del público. Pasó la parte del incendio y acabamos en el cementerio. Todo el elenco formó un corro enorme y representamos el conjuro final, en el que el personaje de Jonny, en el centro, cantaba su canción mientras invitábamos a las parejas del público a que bailaran a su lado.

—¡Fin! —La gente aplaudió como loca. A pesar de las dificultades, habíamos sacado aquello adelante y todo el mundo estaba contentísimo. Los vecinos se mostraban muy agradecidos por haber disfrutado de un espectáculo sin tener que desplazarse a una gran ciudad, con personajes que les recordaban tanto a ellos mismos. Y no habíamos ganado ningún concurso, es cierto, pero tanto mi madre como yo estábamos orgullosas de, al menos, haberlo intentado.

Km 5

—Cómo mola la gente de los pueblos. Encuentran la felicidad en lo simple, en lo fácil. Viven sin saturación, a su bola, tranquilos. Todavía son capaces de disfrutar de las pequeñas cosas —reflexionaba la policía zen.

—Sí, la verdad es que la vida rural es maravillosa, pero yo la prefiero solo para un rato —la contradije.

—¡Puf! Pues yo, para siempre. Por eso estoy yo esperando a que me den el traslado, para quedarme en el norte eternamente.

—Por eso estoy yo en este coche, para volver a Madrid.

15

Acabé de recoger. Quería dejar medianamente organizado el vestuario y los otros elementos de la obra antes de reunirme con los del grupo, que se habían acercado hasta la playa para celebrarlo. Bajé las escaleras y fue entonces cuando me topé con aquella escena sin precedentes: mi madre y mi padre bailaban sin música en el salón. Más anonadada quedé yo que si los del bailecito hubieran sido Ayuso y Pedro Sánchez.

—Marimar —dijo mi padre, que al verme interrumpió el baile—, tu ex me pidió antes de irse que te diera esta carta.

Con la euforia me había olvidado de él por completo. Guardé la carta y me despedí de mis padres. Necesitaba un lugar tranquilo para leerla. Pero antes quería encontrarme con los demás.

—Gracias, papá. ¿No venís a la playa con el resto?

—No, nos quedamos aquí flotando —contestó mi madre.

—Un momento..., ¿no habréis bebido de una botella con un gusano dentro?

—Sí, sí, sí, sí... —repetía mi padre entre risitas—. Hemos brindado todos mientras recogías. Se han llevado lo que queda a la playa. Jonny está haciendo de maestro de ceremonias.

—Lo suponía.

En la playa, Jonny vino corriendo y me abrazó.

—¡Marimar!

—Jonny, siento mucho lo de mi ex y lo de la prensa, de verdad.

—No importa, no importa. —Tenía pinta de ir ya bastante perjudicado por el gusano y de haber recuperado el ritmo de la noche anterior—. Estoy fascinado contigo. Lo supe desde el momento en que te vi, en aquella ventanilla. ¿Sabes qué? Yo tampoco fui cien por cien sincero contigo desde el principio. El día que te conocí llevaba un rato observando tu cara de desquiciada dentro de aquel coche. Sentí un flechazo. Parecías tan dura y tan vulnerable a la vez... Eres realmente un unicornio, Marimar —dijo para después besarme sin que yo le pudiera hacer la cobra.

—Jonny... —Me tomé un tiempo para respirar—. Gracias por aceptarme como soy y no llamarme loca, como el noventa por ciento de la población. Aunque lo de «cara de desquiciada» no sé muy bien cómo tomármelo —reí—. Pero la movida es que tú tienes tu vida montada y yo lo tengo todo por construir. Siempre he dado prioridad a todo menos a mí misma, de novio en novio desde que me fui del pueblo. No sé ni hacerme un huevo frito y soy incapaz de dormir sola si no enciendo una lucecilla, porque me da miedo la oscuridad. Es como si todo este tiempo hubiera huido de mí misma, que quisiera anclarme a la vida de los otros por miedo a vivir la mía. Necesito volver a mí misma, y eso implica volverme a Madrid. Y volverme sola, lo siento.

Jonny, sin decir nada, me dio un beso en la frente, se dio la vuelta y se perdió entre la gente.

Avanzó la tarde y el sol se perdió en el horizonte. Amanda se me acercó:

—¿Qué ha pasado con Jonny? Os vi antes hablando.

—Nada…, digamos que fluimos hacia caminos distintos.

—Me lo imaginaba… He visto hace un rato que ya iba fluyendo con una de las chicas del público.

—Habrá tenido otro flechazo… —bromeé—. De la que nos hemos librado, amiga.

—Te quiero, amiga.

—Yo también, Amanda.

—Y ahora, ¿qué?

—Creo que ya lo sabes.

—Vas a volver a perseguir tus sueños, ¿verdad?

—Sí, creo que ha llegado el momento.

—Iré a visitarte —dijo con cariño.

Una conga pasó a nuestro lado y capturó a Amanda. Aproveché para quedarme un ratito a solas. Caminé hacia el mar y me senté en la arena, cerca de la orilla. Abrí la carta de #Exnoviobrocoli y empecé a leer:

Querida Marimar:

Me voy. Te libero y me libero de este limbo al que estamos aferrados. Lo hemos intentado todo, pero al final parece que va a ser verdad eso que dicen, que solo con amor no es suficiente.

Tú y yo, nosotros, dejamos de existir en el mundo real, pero espero que al menos una parte de lo que pudimos ser continúe vivo en los cientos de historias que, estoy seguro, te quedan por contar en la ficción. Siempre tendrás un cachito de mi frío corazón. Vas a volar tan alto que no te vamos a ver.

El amor no se destruye, solo se transforma,

TU EX

P. D. Te he dejado un cactus en la mesilla de tu habitación. Supongo que te gustará mucho más que un anillo. Si no te importa, el anillo me lo voy a quedar, que no voy sobrao de pasta. Cuida del cactus, espero volver a verlo. Te quiero.

¿Se puede ser amiga de tu ex? Supongo que una historia como la nuestra confirma que, en algunos casos y con el tiempo, sí puede llegar a pasar. De repente, la voz de mi cuñado rompió mi momento zen.

—¡Drama, drama! —gritaba corriendo en mi dirección.

—¡Qué susto, Dios!

—Cuñada, tenemos una noticia para ti.

—Te has metido a cómico, vas a vivir de tu supertalento y por fin dejarás de sangrar a mi hermana —ironicé.

—No, pero tu hermana sí que va a pegar un buen cambio.

—¿Qué?

—Que vas a ser tía —soltó el titular mi hermana.

—¡Joder, joder! —continuaba mi cuñado con su serenidad habitual.

—¿Estáis seguros? —pregunté.

—Sí.

—¡Voy a ser medio madre de un sobrine!

—¿Cómo que «sobrine»? —intervino mi tío por detrás.

—Porque no sabemos qué será. Hay que esperar a que nazca y no dar nada por sentado. ¡Qué ilusión, Dios mío!

—Sea como sea, por fin crece la familia. Os ha costado, ¡olééé! —añadió mi tío antes de beberse a morro el trago final de la botella de tequila. Del ciego que llevaba, se zampó el gusano.

Un par de días más tarde, mientras hacía la maleta, Brad y yo comentábamos lo sucedido con el resto del ganado:

—Ya ves, Brad, volvemos a estar solos tú y yo...

—¿Con quién hablas, hija? —Irrumpieron mis padres en la habitación.

—Hablaba conmigo misma. Os recuerdo que se llama a las habitaciones antes de entrar. ¿Qué pasa?

—Que vas a llegar tarde al BlaBlaCar, hija —dijo mi padre.

—Pero si todavía es prontísimo. ¿Qué os pasa a los padres con las horas?

Cuando me di la vuelta, vi que Aceituna se había metido dentro de la maleta.

—¿Te vienes a Madrid conmigo y con el cactus? —le pregunté como si pudiera contestarme.

—¡Guau, guau! —ladró.

—Dice que no, que con el cactus te vas tú. Ella prefiere

quedarse con nosotros y con su nueva sobrinita que viene de camino.

—Bueno, de camino a Barcelona.

—No, he pedido el traslado a una oficina de aquí al lado y me lo han concedido. —Apareció mi hermana por la puerta.

—Pues nada, vais a estar todos aquí menos yo.

—¡Qué dramática eres, por Dios! Luego dices que no te pareces a mí —añadió Fernanda, que entraba también en mi habitación.

—¡Dios, qué pesados! Pero ¿por qué estáis todos aquí dentro?

—Pues para despedirnos de ti. Es que como tardas tanto… No nos vamos a quedar en el salón como pasmarotes —añadió mi cuñado, desde el marco de la puerta. Es que, literalmente, no quedaba oxígeno para un solo ser humano más.

Mi móvil sonó. Era un wasap de la chica del BlaBlaCar, que ya estaba en la puerta.

—Mierda, me he confundido de hora. ¡Ya está aquí! Me puse nerviosa y, desde el armario, empecé a lanzar a lo loco la ropa al interior de la maleta. Todo caía sobre la cabeza de Aceituna. Mi madre sacó a la perra de allí y la bajó a la alfombra. Se sentó a su lado mientras yo doblaba la ropa de cualquier manera para poder cerrar la cremallera. Mi padre bajó un par de bolsas que ya estaban preparadas y mi cuñado comenzó a hiperventilar como si fuera él quien llegaba tarde. Y Fernanda lo grababa todo para su TikTok, cómo no. Bajamos corriendo por las escaleras y, antes de salir a la calle, me quedé un momento a solas con mi madre.

—¿No vienes afuera? —le pregunté.

—No, ya sabes que soy muy de llorar y no quiero armar un circo. —Justo al acabar la frase, comenzaron los sollozos.

—Joder. Si tú lloras, yo lloro —dije.

Lloramos las dos y nos dimos un abrazo.

—Te quiero y te admiro, mamá.

—Te quiero y te admiro, hija. ¡Venga, tira!

Un chico rubio enorme y una mujer con pinta de policía me esperaban apoyados en un coche aparcado en doble fila. Mi padre me acompañó y me ayudó a meter las cosas en el maletero; los demás se quedaron en la acera para despedirse. Di un abrazo a cada uno y me metí en el coche, preparada para mi viaje de vuelta. El chico rubio se metió en la parte de atrás porque quería dormir. Me despedí por última vez diciendo adiós con la mano y tragué saliva para no volver a llorar. No habíamos llegado todavía a la esquina cuando escuchamos unos gritos. Miré por el retrovisor y vi a mi madre que corría detrás del coche.

—¡El cactus, hija! ¡Que te lo habías dejado en la habitación! —gritó mientras me lo daba por la ventana, junto con un bocadillo para el viaje.

—Gracias, mamá.

Km 0

Lo normal es que un BlaBlaCar te deje en la periferia, pero la policía discreta trabajaba en la comisaría de la calle Montera e iba directa al trabajo. Tardamos casi más tiempo en cruzar hasta el centro de Madrid que de Burgos a la capital. Llegamos por fin al kilómetro cero. La Puerta del Sol estaba en obras, la ciudad me recibía tal cual la dejé. Me bajé del coche y cogí mis cosas. Tocaba despedida de nuevo. Aquellos completos desconocidos se habían convertido, durante las últimas cuatro horas, en dos personas de mi extrema confianza. Les había contado más detalles de mi vida que a mi propia familia o a mis mejores amigos. Supongo que es lo que tiene saber que, a pesar de todo, nunca los volverás a ver.

—Déjame un buen comentario, ¿eh? —me pidió con cariño la policía discreta—. *And you too* —le dijo al colágeno. Nos dimos un abrazo de grupo y cada uno tomó una dirección.

Mientras se alejaban, me quedé mirando a mi cactus y reflexioné: en el fondo, las personas nunca estamos solas. El mundo está lleno de compañeros de BlaBlaCar y de amigas de baño de discoteca que conoces a las tres de la madrugada en un sábado random.

15

Entré en la estación de metro de Sol y bajé las escaleras mecánicas. Al ver en la pantalla informativa que solo quedaban dos minutos para que llegara mi tren, eché a correr. No tenía prisa, pero la fiebre del estrés madrileño ya me había poseído. Bajé del metro en Tribunal, la estación más cercana a mi barrio. I LOVE MALASAÑA, leí en una de esas ridículas camisetas que protagonizan escaparates de tiendas para turistas… y para gente tan friki como yo. Me la compré y salí de la tienda con ella puesta, decidida a dar una vuelta por mi barrio, feliz por estar de vuelta.

—¡Busco camarera! —Al pasar por delante de un garito, oí la voz de un tío que me resultó muy familiar—. Aunque, por el equipaje, no sé si llegas o te vas.

—¿Qué pasa? ¿Llevo la palabra «actriz» escrita en la

frente? —dije mientras me giraba para descubrir que se trataba de mi antiguo encargado del teatro.

—Si no fuese porque has trabajado para mí, entre la camiseta y lo pálida que estás, habría dicho que eres una guiri de esas que vienen a España a desmadrarse.

—Qué gilipollas eres.

—Los que mandamos nunca caemos bien a nadie. Bueno, ¿aceptas el trabajo en el garito de moda o qué?

—Como vuelva a trabajar para ti, salgo a deber de la cantidad de pasta que necesito en días de terapia extra. *Fuck you!* De parte de una que viene ya desmadrada del norte.

Caminé hasta mi antiguo domicilio. Mi ex dejó mis cosas almacenadas en un pequeño trastero que hay en el edificio. Al llegar, no me encontré con el casero, sino con su hija. Cuando me recibió, hablaba por teléfono; parecía una conversación de trabajo. Sin apenas decirme hola me indicó que la siguiera. Sujetaba el móvil con la cara y el hombro, y utilizaba las manos para buscar las llaves en su bolso de Carolina Herrera. Finalmente, abrió el trastero y yo empecé a recoger mis cosas.

—La verdad, que alucino con que esto sea todo. ¡Qué *minimal*! —comentó al colgar el teléfono, en un tono entre la empatía y la ignorancia que dejaba entrever que en su vida había salido del barrio de Salamanca si no era para ir a Baqueira.

—Sí, es que soy muy austera.

—Bueno, mejor, así puedes ahorrar para la boda, la hipoteca, un jardín para que jueguen los niños… Dicen, ya sabes, que cada hijo te cuesta como un Ferrari. Aunque tú tampoco tienes pinta de madre —dijo observando mi *outfit* de desmadrada.

—Tú sí, de tener un Ferrari.

Me miró superseria unos segundos, sin pillarlo, y se puso a reír como una loca.

—Me parto contigo, de verdad.

—Naaah, yo en realidad no tengo ahorros. Estas son mis cuatro cosas porque no tengo dinero para más. Creo que el tema del chalet lo dejo para otra vida. De momento, me mudo a algo más humilde, aquí al lado.

—¿A otro estudio?

—No, a una habitación en un piso compartido…

Empezó a reírse, pero paró al darse cuenta de que hablaba en serio. Dio un sorbo largo al café de Starbucks que llevaba en la mano y, cuando asimiló la situación, como si le hubiera dicho que tenía cáncer, siguió hablando:

—Y tú ¿a qué te dedicas? Tienes un rollo así como ochentas que me encanta.

—Pues soy actriz.

—¡Pero eso es genial! Tienes que conocer a papá. Es productor, que te haga una prueba. Hoy mismo se lo digo.

—¿De verdad? No puedo estar teniendo tanta suerte.

—Todas las tontas tienen suerte. —Rio—. ¡Es broma! Es que no se me ocurre ninguna otra expresión con la palabra suerte.

—«La suerte de la principiante» igual habría quedado mejor.

—Bueno, mira, la verdad es que papá tiene un estudio en este mismo edificio que todavía no hemos alquilado. Dice que, de momento, no hace falta y que así lo usan las visitas, pero más de una noche ha acabado aquí después de un estreno, con sus amiguitos y sus amiguitas… Así que, digo yo que te lo podríamos alquilar a ti. Mira, es que voy a dejar que te quedes directamente. —Ilusionada, empezó a dar palmaditas muy rápido—. Me refiero, ya sabes, a que vas a ser mi apuesta personal. Quiero demostrar que tengo ojo para detectar el talento. Te voy a dejar el precio a la mitad hasta que consigas un papel.

—¿De verdad? Pero ¿tu padre no me va a odiar por dejarlo sin picadero?

—Prefiero ayudarte a ti que facilitarle las cosas al infiel de papá. Las chicas tenemos que ayudarnos, ¿no?

Su teléfono sonó otra vez y, en lugar de contestar, dio al botón de colgar, enfurecida.

—Perdona, era otra vez de la ofi. Ya sabes, un día te llega una entrevista para trabajar en una consultoría y dices:

«¡Venga, fenomenal!». Hasta que te das cuenta de que tu hora de salida era a las seis, pero siempre llegas a casa a las once, y no porque vivas en otra provincia. Vives al lado del despacho, pero siempre andas haciendo horitas extras. En fin, perdona, sé lo que estarás pensando: «¿Pero de qué se queja esta? ¡Qué vida tan exitosa!».

Mi nueva pija madrina se dirigió al ascensor dando saltitos de felicidad y me indicó que la siguiera. Cuando llegamos al apartamento, me abrió la puerta y me invitó a pasar:

—Bienvenida. Estás en tu casa.

Me pellizqué en el brazo para asegurarme de que no me había sobado en el BlaBlaCar y toda aquella escena era un sueño del km 350. Sonó mi teléfono: era mi madre.

—Me voy, gordi. ¡Papá se pondrá en contacto contigo! ¡Ponte cómodaaa!

Arrastré mis cosas hasta el interior del piso y dejé el cactus en un lugar seguro. Me senté en mi nuevo sofá cama y descolgué el teléfono.

—¿Has llegado ya? —Mi madre había calculado el momento preciso para llamar.

—Sí, hace un rato.

—Hija, de verdad, mira que te digo que me avises en cuanto llegues, que sabes que me preocupo.

—Sí, es que he estado...

Me cortó antes de que pudiera acabar la frase:

—Bueno, por aquí no veas qué de noticias, hija, que llevo toda la mañana al teléfono, todo el mundo llamando para felicitar. Bueno, bueno, bueno... Me ha llamado hasta el alcalde, que nos han sacado en la prensa en México, por Jonny, y que le habían enviado la noticia. Marimar, que dice que contemos con él para tema subvenciones o para lo que sea. Así que, entre esto y tu sobrinita en camino, vas a estar yendo y viniendo.

—¡Qué fuerte, qué ilusión!

—Sí, sí. Y bueno, aquí viene lo gordo: media hora más tarde de que te fueras se ha presentado en casa el cura con todo el séquito para pedir perdón. Que se va a jubilar, dice, y que se ha dado cuenta de que ya es hora de ir dando paso a las nuevas generaciones. Y que si pueden participar en la obra.

—Estoy flipando.

—Adivina quién va a ser el nuevo cura.

—¿Papá?

—¿Quieres dejar de decir tonterías, Marimar?

—Ay, mamá, yo qué sé.

—El amiguito ese que tenías de pequeña, Rafael.

—¿El de la República Dominicana?

—Sí, acaba de llegar de allí, de estar de misionero.

—La verdad es que siempre fue un buen tío, pero no me imaginé que acabara de cura.

—Pues ya ves, si hasta la Amante y Fernanda se han puesto juntas a grabar tiktoks y los subían mientras yo hablaba con el cura. Pero, dime, ¿tú qué tal por allí?

—Pues alucinando, la verdad. Creo que mi suerte ha cambiado, mamá. Ya tengo casa y creo que me van a presentar a un productor de cine.

—Pero ¡qué emoción! ¿Por qué no me lo has dicho desde el principio?

—¿Porque no me dejabas hablar?

—Ay, bueno, hija, qué bien, todo son buenas noticias. Parece que después de la tormenta llega calma.

—Hasta que llegue la siguiente tormenta. Pero sí, vamos a disfrutar de la calma.

—Bueno, ¿y cuándo vuelves?

—Pero si acabo de llegar.

—Es que ya se te echa en falta.

—Yo también te voy a echar de menos, mamá.

—Hija, ni que le estuvieras hablando a mi tumba. Qué dramática.

—Pero si la dramática eres tú.

—Vale, venga, que tengas cuidao.

—Vaaale.

—Y no te vayas a la cama sin cenar.

—¡Ay!, de verdad, qué pesaduca. Hay cosas que nunca cambian. Que sí, mamá, ¡adiós!

Nada más colgar, me quedé embobada con el cactus y me di cuenta de que la flor se le estaba quedando como pochita, hacia un lado. Acudí a Google en busca de la receta para una resurrección, pero tan solo encontré un artículo que decía que las flores de los cactus duran como máximo veinticuatro horas. Una profunda sensación de alivio me invadió al darme cuenta de que aquella florecilla no se moría por mi culpa.

Lo sucedido en los últimos meses me hizo reflexionar sobre lo dura que seguía siendo conmigo misma hasta en las cosas más absurdas. Supongo que había llegado el momento de entender que vivir consiste en hacerlo lo mejor que puedas. Que hay aspectos que están más allá de nuestro control, como el paso del tiempo, que se nos escapa de las manos. Pero me imagino que, de algún modo, es imprescindible que el tiempo transcurra, que se lleve lo malo y deje sitio a lo bueno, a lo nuevo. Las flores de los cactus duran veinticuatro horas; las relaciones, un poco más o un poco menos, y el trabajo viene y va. Al final tú misma eres lo más valioso que tienes. Así que, mejor si te tratas bien y te das oportunidades: una, dos, tres o las que sea necesario. La vida siempre está ahí, proponiéndote lienzos en blanco para que vuelvas a emborronarlos las veces que haga falta.

El bullicio del centro de Madrid, el silbido del vecino de la derecha, los gemidos del folleteo de los de arriba y los ladridos del perro de la del primero, que retumbaban por todo el patio de luces, componían en la gran ciudad la banda sonora que anunciaba a una Marimar mucho más experimentada y consciente.

Me asomé a la ventana y fue entonces mi voz la que retumbó en toda la calle:

—¡¡Esta vez no me vas a comer, Madrid!! Esta vez... ¡¡¡te como yo A TI!!!

Agradecimientos

Gracias a todos menos a mi madre. Nah…, es broma, pero la dejo para el final, voy a ponerme seria por una vez en la vida.

Gracias a mis queridas seguidoras. Si esto fuera un programa de televisión, puedo decir que, a mí, me ha salvado el comodín del público. Sois vosotras las que me habéis dado la oportunidad de tener repercusión y vivir del arte. Me habéis dado la oportunidad de que esta editorial, Penguin Random House, se fijara en mí para escribir esta, mi primera novela. Gracias, Ana, responsable de la editorial con la que me comunico, por darme una de las oportunidades más importantes de mi vida. Gracias, Cova, por haber sido mi *coach*, mi profesora y mi amiga durante estos seis meses. He aprendido muchísimo de tu mano y solo tengo ganas de escribir más y más.

Gracias a mis profesores de artes, divulgadores de salud mental y a mi psicoanalista, por ayudarme a ordenarlo todo.

Gracias a mis amigos, amigas y amores del alma de Santander, León y Madrid, por haber sido la familia que se elige. Por sostenerme y acompañarme cuando estaba rota. Que nos quiten lo bailao.

Gracias a mis abuelos y abuelas, tíos y tías y primos y primas (por momentos, tengo la sensación de estar escribiendo mi propia esquela), por todas las Navidades, veranos y encuentros random felices en Valderrama, Guemes, Requejada o Cuchía.

En especial, gracias a mi hermana y a mi hermano, por haber sido mi público, mis acompañantes y mi lugar seguro desde siempre. Os quiero más que a mí. Lo más probable es que no tenga hijos así que os quedaréis con mi herencia, si no me la gasto en pipas o si no os morís primero, de todos modos portaros bien conmigo por si acaso, malditos.

Gracias a mi padre, por el apoyo incondicional a pesar de muchas veces no entender nada. Si eso no es amor verdadero, no sé qué lo es.

Y gracias a mi madre, por ser mi ejemplo a seguir, mi mayor debilidad y mi mayor fortaleza. Esta miniversión de ti está haciendo lo que puede para estar a la altura de la educación, la entrega y el cuidado que le has proporcionado cada día de su vida.